AF190400

Robert Deuml

Herzlich willkommen
ihr Süßen

Kurzgeschichten aus dem
Wellnessbereich Psycho!

FSC
www.fsc.org
MIX
Papier aus ver-
antwortungsvollen
Quellen
Paper from
responsible sources
FSC® C105338

Impressum

Bibliografische Information der Deutschen Nationalbibliothek
Die Deutsche Nationalbibliothek verzeichnet diese Publikation
in der Deutschen Nationalbibliografie;
detaillierte bibliografische Daten
sind im Internet über http://dnb.dnb.de abrufbar.

1.Auflage März 2018

© 2018 Robert Deuml

Herstellung und Verlag
BoD – Books on Demand, Norderstedt

ISBN: 978-3-7460-7403-0

Inhaltsverzeichnis

1 Mal schauen, wer sich meldet
(Oder: Wer kocht für mich?)

„Mann, hab ich es satt, allein zu sein!"
So spricht nur einer, der es gewohnt war, von einem Partner verwöhnt zu werden. Alfred Selzmeier, ein gestandenes Mannsbild in den besten Jahren, war so einer. Alfred hatte das Pech, seit zwei Jahren von seiner Braut Olga geschieden zu sein. Eigentlich war es zu keiner Zeit eine Liebeshochzeit, aber immerhin stand man nicht alleine auf weiter Flur. Seine Ex lernte er auf einem russischen Folklorefestival mit Tanz und noch mehr Suff kennen. Die Anziehung der beiden war immens. Kein Wunder, wo doch die Olga die Hübscheste von allen anwesenden Frauen am Set war. Und beflügelt von Wodka und den schönen Augen Olgas begab sich Alfreds Vernunft auf eine kurzzeitige Reise. Und allen Gästen war klar: „Die beiden werden sicher ein Paar!"
Was nach zwei Wochen Verliebtheit Gewissheit werden sollte. Der Alfred und seine Olga tauchten ein in das Abenteuer, das sich Ehe nannte.
Anfangs lief noch alles gut, aber mit der Zeit schlich sich der berühmte Alltag im Eheleben der Selzmeiers ein. Die verliebte Stimmung von einst wurde mehr und mehr zu einem unrühmlichen Fiasko. Am Ende ihrer Ehe angelangt, verging kein Tag, an dem sich die Eheleute nicht in die Haare kriegten. Meist war Alfred derjenige, der dann mit blauen Blessuren umherlief. Die Olga hatte nun mal russisches Blut in sich und so eine Russin trägt eben das feurige Temperament der slawischen Nation in sich. Und nun ist selbst ewiges Streiten vorbei. Wie so oft in heutiger Zeit endete die Ehe der Selzmeiers nicht

mit dem Tod, sondern durch einen geldgierigen Rechtsanwalt. Das Drama ereignete sich im August vor zwei Jahren. Seitdem hatte unser Alfred das Pech, nur von ungesunder Konservenkost und langweiligen Tütensuppen zu leben.

Und die tägliche Onanie erst, der Sex mit der eigenen Hand führt oft dazu, das einem sämtliche Glieder schmerzen. Und was seine Wohnung betrifft, sollte hier und dort etwas Staub gewischt werden. Eigentlich braucht die Oberschlampe Alfred zur Orientierung einen wegweisenden Kompass, damit er den Ausgang seines vermüllten Rattenetablissements findet. Um Alfreds Charakter näher zu beleuchten, darf man gut und gerne behaupten, dass er eine totale Niete ist.

Aber auch Nieten haben – obwohl sie es meist nicht verdient haben – ihre Bedürfnisse. Und genau aus diesem Grund wendete sich Alfred mit einer aussagekräftigen Annonce an die örtliche Zeitung.

Hallo, ihr Lieben!
Ein gut aussehender Single (42, männlich, 1,65, 82 kraftstrotzende Kilo, Sternzeichen Fische), z.Z. arbeitslos, sucht eine vorzeigetaugliche Dame mit dem gewissen Etwas. Du solltest nicht zu dick und nicht älter als vierzig sein, aber alle Attribute besitzen, was jeden Mann verrückt werden lässt. Außerdem wäre es von Vorteil, wenn du der deftigen Küche Herr wärst, und anschließend sollte es dir Freude bereiten, das weiträumige Areal unserer Wohnung (zwei Zimmer) in Schuss zu halten. Und was bekommst du von mir? Na alles, was sich eine Dame nur wünschen kann. Angefangen mit total geilem Sex, gefolgt von Wohlstand und in ferner

Zukunft grenzenlosen Reichtum. Ob du selbst vermögend bist, ist mir völlig egal, würde mich aber nicht von meinem edlen Vorhaben abhalten, dich als meine neue Partnerin anzusehen.

Also, ran ans Telefon, ihr Mädels, ich warte!

Zu erreichen unter dieser Tel.-Nr. 089/ 17…

Jetzt hieß es für Alfred nur noch geduldig zu warten!

Doch trotz des einladenden Textes war keine der Damen bereit, sich dem Angebot zu stellen.

„Ich hab doch alles richtig gemacht! Oder?", sinnierte Alfred.

Erst eine Woche später sollte das Telefon schellen.

„Hallo, mein Guter, ich bin genau das, was du suchst!", hauchte eine Dame mit einem vielversprechenden Tonfall ins Telefon.

„Toll!", rief Alfred am anderen Ende des Kabels.

Man vereinbarte an einem neutralen Ort ein Treffen. Und was das Neutrale betrifft, ist ein Bahnhof das geeignete Refugium.

Mit seinen letzten fünfzig Euro machte sich Alfred per Fahrrad auf den Weg zum Bahnhof der Nachbarstadt. Mit einem selbstgepflückten Blumenstrauß von einem nahegelegenen Park wartete er gespannt auf die Dame, die ihn von der Konservenkost befreien würde. Am vereinbarten Ort wartete und wartete Alfred. Nichts! Keine Dame weit und breit. Der Arme fühlte sich auf den Leim gegangen und hatte schon Angst, dass er wieder alleine den Weg zu seiner Bruchbude antreten darf. Zwei volle Stunden ging er den Bahnhofsweg auf und ab. Doch dann sah Alfred das, was ihm das Blut in den Adern gefrieren ließ. Eine Dame! Aber was für eine! Es war Olga, seine Ex.

„Mann, was tut die hier? Die alte Krähe will doch nicht etwa verreisen!"

Hinter einer Anzeigetafel versteckte sich Alfred vor Olgas Augen.

„Gerade jetzt muss läuft sie mir über den Weg, wo ich doch eine wichtige Verabredung habe!"

Am Bahndamm blieb Olga stehen, auch sie schien auf etwas zu warten. Rein zufällig kreuzten sich ihre Augen, was zu einem gefrusteten Blick führen sollte.

Die Olga war die Erste, die es wagte, ihren Exgatten anzusprechen.

„Hey, du alte Schlaftablette, was tust du hier? Verfolgst du mich etwa?"

„Äh", versuchte Alfred zu antworten.

„Ich bin verabredet."

Mehr wollte er – wegen Prügelgefahr – nicht sagen. Er kannte ja seine Olga. Und die konnte recht rabiat werden.

Jetzt ging es den beiden nur noch darum, weshalb man sich ausgerechnet hier an diesem Ort traf.

„Ich warte auf jemand!", sprach Olga.

„Auf wen?", konterte Alfred. „Doch nicht auf einen neuen Kerl!"

„Ja!", antwortete Olga höhnisch mit der Absicht, Alfreds Eifersucht anzukurbeln.

Den beiden dämmerte 's, jetzt sprang die sprichwörtliche Katze aus dem Sack.

Die einzige Dame, die auf Alfreds Annonce geantwortet hatte, war Olga, seine Ex.

„Toll!", dachte sich Alfred. „Wie es aussieht, bekomme ich die alte Tucke nie los!"

Doch es sollte anders kommen als erwartet. Die Olga sah dem Alfred sehr lange und intensiv in seine himmelblauen Augen. Und mit einem Ruck verflüchtigte sich jede Wut auf seine Ex.

„Meine Alte sieht heute mal richtig lecker aus!", dachte er sich.

„Vielleicht sollten wir es noch einmal probieren!" Und so geschah es auch!

Auch Olga versprach ihrem Alfred das Blaue vom Himmel. (Dabei ist sie – wie Alfred – leider auch die größte Schlampe auf diesem Planeten.)

Man einigte sich auf ein weiteres Ehequartal. Die beiden schlenderten verliebt wie zwei Teenager Hand in Hand zu einem nahegelegenen Hotel. Die Nacht für zwei Personen im Nullsternhotel mit Frühstücksbuffet, an dem jede Nacht Hunderte Kakerlaken Party feiern, und einer defekten Dusche für den lächerlichen Preis von nur zwanzig Euro. Die beiden Neuverliebten wollten hier ihre Flitterwochen oder Tage verbringen. Nix mehr Onanie! Alfred gebrauchte seine Hände nur noch, um seine Olga in den Orgasmushimmel zu verfrachten.

Und so begann eine weitere Lovestory bei den Selzmeiers. Die beiden gaben sich ein zweites Mal das Eheversprechen.

„Dieses Mal", so die einhellige Meinung der frisch Vermählten, „sollte unser Jawort für das ganze Leben gelten."

Alfred nahm die täglichen Wutausbrüche seiner Olga, ohne zu murren, in Kauf. Immerhin musste er sich von nun an nicht von der widerlichen Dosenkost ernähren. Und wichsen musste er nur noch sehr, sehr selten. Dafür kann ein Mann ruhig mal eine gelangt bekommen. Wie denkt ihr darüber?

2   Jagdfreuden

Samstagabend bei den Schlottys. Die Familie sitzt vereint in der guten Stube und gönnt sich einen geruhsamen Fernsehabend mit Bier und Kartoffelchips. In der Glotze läuft gerade der Hollywood-Klassiker „Der Jäger und die Gejagten!". Eigentlich war es für den Herrn des Hauses absolutes Pflichtprogramm, denn Josephus Schlotty liebt zwar seine Gattin, die Erna, aber das Jagen in freier Natur sollte seine wahre Leidenschaft sein. Nicht nur Josephus, auch seine Erna empfand in der Jagd größtmögliche Genugtuung. Nur hasste sie als sensible Person blutigen Wettkampf, weshalb sie in der Treibjagd mehr Erfolg für sich verbuchen konnte. Wie oft trieb sie den ungehorsamen Gatten mit dem Besen durchs weiträumige Haus.

Doch an diesem Abend war das Morden in der TV-Kiste angesagt. Und genau in jenen Augenblick, wo John Wayne der Rothaut eine Kugel durch den Leib jagen wollte, unterbrach die Erna das spannende Geschehen.

„Josephus, ich sollte morgen zu Mittag wieder mal einen Feldhasen nach Jägerart auf den Tisch stellen. Du weißt doch, den, der in den Steinpilzen, Frühkartoffeln und der leckeren Sahnesoße badet."

„Aber Schatzi-Mausi", antwortete Josephus kleinlaut und ahnte dabei, dass sich der idyllische Abend dem Ende zuneigte.

„Ich dachte da mehr an einen Schweinebraten mit Semmelknödeln und Sauerkraut."

„Nix da", keifte Erna, „entweder Hase oder Wurstbrot! Du hast die Wahl! Ich will Hasen und keine Sau, verstanden! Mann, du bist Jäger, es wird dir doch möglich sein, ein Karnickel zur Strecke zu bringen. Also mach mir Ehre und besorg für morgen das Mittagessen, oder soll ich dich mit dem Besen dazu überreden!"

Da lässt sich nichts machen, gegen den Eigensinn einer Frau ist selbst Gott machtlos. Für Josephus hieß es Hase oder ein Gymnastiklauf durchs Haus.

Punkt vier Uhr morgens. Es erschallte die liebliche Musik des Weckers durchs Schlafgemach. Wie eine chloroformierte Schnecke stürzte Josephus aus dem Bett, denn er hatte eine ehrenvolle Aufgabe vor sich. Noch schnell einen steifen Kaffee und ein kurzer Blick in den Spiegel – man will ja einen seriösen Eindruck hinterlassen – und der Waidmann war bereit, sich den mordlüsternen Feldhasen mutig und todesverachtend entgegenzustellen. Josephus hängte sich seine Donnerbüchse und das Fernglas um die Schultern und mit einer Wurstbrotstulle und einer Thermoskanne Tee (angewärmter Doppelkorn mit einem Schuss Tee) im Rucksack sollte es losgehen. Begleitet wurde er wie immer von seinem schwanzwedelnden Jagdhund Waldi.

Dieses treue Tier hatte sich auf dem zweiten Bildungsweg vom einstigen Blindenhund zu einem Jagdhund ausbilden lassen. So was nennt man wahre Flexibilität. Der optimale Begleiter für das wild um sich schießende Medium Josephus. Gemeinsam schlichen die beiden aus dem Haus, mit lauwarmem Eifer wollten sie dem Auftrag, den ihnen die Hausherrin aufgetragen hatte, einen Hasen zu erledigen, nachkommen. Am Ziel angekommen.

Ein vielversprechendes Rübenfeld mit einer naturbelassenen Wiese sollte das Interesse der Jagdgemeinschaft wecken. Man machte es sich auf einem

Jägerhochsitz bequem und wartete auf das Volk der Feldhasen. Seine Erfahrung erlaubte es Josephus, zuversichtlich zu sein. Hier keines dieser Hoppeltiere vor die Flinte zu kriegen wäre schlichtweg unmöglich. Doch dieses eine Mal sollte sich Josephus in Bezug auf die Gewohnheiten seiner Hasen irren. Nichts! Kein einziger Mümmelmann ließ sich an diesem Morgen blicken. Die Stunden vergingen, das Wurstbrot war vertilgt und der zuvor schon erwähnte Tee aus der Thermoskanne wurde von Josephus in der Zeit des Wartens entsorgt. Was sein Augenlicht sicher nicht schärfer werden ließ. Irgendwann wurde es dem Waidmann zu viel der ewigen Warterei.

„Mann", rief er zu sich und seinem Hund Waldi. „Wo sind die verdammten Hasen? Ich sehe jedes Mal Tausende von denen, aber wehe meine Erna bildet sich partout Hasenbraten ein, dann haben diese Viecher ihren freien Tag."

Der arme Kerl konnte einem richtig leidtun! Aber zum besseren Verständnis muss ich erwähnen, dass Josephus zu viel Tee genossen hatte. Denn hätte er sich nur ein einziges Mal umgedreht, wäre ihm aufgefallen, dass hinter seinem Rücken sämtliche Feldhasen der ganzen Umgebung eine Gourmetparty abhielten. Was bedeutet, dass die Langohren außerhalb Josephus' Sichtfeld schamlose Orgien feierten.

Was trieb die Tiere zu jenem Entschluss? Das lässt sich leicht erklären! Dadurch, dass sie gestern das vordere Wiesenareal bis auf den letzten Grashalm leer gefressen hatten, mussten sie an diesem Morgen auf die Grasfläche hinter Josephus ausweichen. Und Josephus? Der war gezwungen, wegen des anregenden Tees in nur die eine Richtung zu starren.

Aus diesem Grund war es ihm nicht möglich, die frivole Hasenpopulation zu erspähen.

Jetzt wird sich mancher fragen: „Wenn schon der Josephus – der ja mit dem Teekonsum zu kämpfen hatte – nicht der Herr der Lage war, zu was taugte sein sogenannter Jagdhund?"

Ach ja, der Waldi! Als ehemaliger Blindenhund war es die alte Töle gewohnt, nur in die Richtung zu starren, in der sich sein Herrchen befand.

Mit der Zeit wurde Josephus immer nervöser, kein Wunder, wo doch die Teequelle seit einer Stunde versiegt war. Eine endlos lange Stunde des Wartens und Zähneklapperns, dann war es so weit. Auf der Wiese bewegte sich was. Josephus griff sofort zum Fernglas und lugte hindurch.

„Wo ist die verdammte Wiese?", sprach er.

Der Waldi stupste mit seiner Nase sein Herrchen an, was so viel bedeutete wie „Mann, nimm doch einfach die andere Seite des Feldstechers!".

Wau, das ewig müde Flohhotel war also doch zu was zu gebrauchen. Der Fachmann im Hasenjagen befolgte den Befehl, den ihm sein Begleiter per Gedankenübertragung übersandte. Und was sah er? Auf der Wiese tummelte sich ein Langohr, nicht allzu groß, aber immerhin. Josephus stellte sein Augenlicht auf Jagdmodus ein, indem er seine Pupillen ordnete. Er wechselte von der mehrmaligen zur einmaligen Sehweise.

„Was sehen meine Augen?", dachte er sich. „Da hoppelt doch nicht etwa ein Hase?"

Mit seiner Vermutung sollte er recht behalten, es war tatsächlich das Tier, das ihm seine Erna als Sonntagsbraten befohlen hatte. Und dieses Tier hoppelte gemächlich auf der leer gefressenen Wiese umher.

„So, Freundchen", sprach Josephus, „mach dein Testament und verabschiede dich von deiner Familie, denn ab jetzt gehen für dich alle Lichter aus!"

Josephus wie auch sein Jagdhund Waldi begannen aufgeregt zu zittern. Die beiden wurden vom Instinkt des Jagdfiebers gepackt. Langsam, sehr langsam, um nicht noch kurz vorm Ziel vom Hasen bemerkt zu werden, fingerte Josephus nach seiner Flinte. Er legte an, zielte und, und, und, der Jäger befand sich mitten im Blutrausch.

„Gleich hab ich dich!", dachte sich Josephus.

Jetzt war das zu schießende Objekt genau im Zentrum seines Visiers. Der Zeigefinger umspannte den Abzugshahn, gleich sollte sich der Schuss lösen. Gleich konnte man es kilometerweit hören, dass ein Hase seiner Bestimmung entgegengegangen ist. Nur noch für einen Bruchteil von Sekunden sollte sich der Hase an unserer guten alten Erde erfreuen.

Und dann! Klick! Nur ein kaum hörbarer Klick, was die Mechanik des Gewehres von sich gab. Was hatte das zu bedeuten! Wo blieb das alles Entscheidende Peng?

Zu diesem donnernden Geräusch sollte es nicht kommen. Weshalb? Na, weil ein Gewehr ohne Munition kein Peng verursachen kann. Diese Logik ist weit verbreitet in der Gilde der Jägerschaft.

Aber wie stand es um den Hasen? Der blieb brav in der Zielrichtung des Jägers stehen und wartete geduldig auf seine baldige Hinrichtung. Jetzt hieß es für den Josephus schnell handeln. Eilig griff er in seinen Rucksack und durchwühlte ihn auf der Suche nach Munition von links nach rechts, nach oben und unten. Das Einzige, was er fand, war die angenagte

Butterbrotrinde vom letzten Jagdausflug. Außerdem fand er eine Uraltausgabe der Männerzeitschrift St. Pauli Nachrichten, einen unbezahlten Bierdeckel, auf dem die Summe 52,30 stand und darauf wartete, beglichen zu werden, und eine leere Bierdose. Doch das Schlimmste kam erst noch, im Rucksack fand Josephus eine halb leere Zigarettenpackung, ohne dazugehöriges Feuerzeug.

Wie, der Kerl rauchte heimlich?

Obwohl es ihm seine Erna unter Androhung von körperlicher Gewalt verboten hatte!

Was für ein Saukerl! Schämen sollte er sich!

Wenden wir uns wieder dem Suchen nach Munition zu!

Nichts! Es war nichts im Sack, was einem Hasen in seiner Entwicklung schaden konnte. Spätestens jetzt dämmerte es dem Jäger, dass er die Munition im Waffenschrank hat liegen lassen. Und mit Kieselsteinen als Wurfgeschoss – das wusste selbst Josephus – lässt sich kein noch so mickriger Hase freiwillig zum Sterben überreden.

Sein Jagdhund Waldi verschränkte verzweifelt seine Pfoten über dem Kopf und mit einem leisen Winseln gab er seinem Herrn zu verstehen:

„Hättest du, mein Herrchen, nicht zu viel Tee gesoffen, würde der Hase jetzt uns gehören. Mann, und für den habe ich meine vielversprechende Karriere als Blindenhund an den Nagel gehängt!"

Josephus' einziger Kommentar zu dieser prekären Situation:

„Das mit dem Hasen wird wohl nichts werden! Schade!"

Eigentlich war Josephus völlig vom Stress befreit! Nur eine Sorge quälte ihn.

„Durst! Jetzt wäre ein halbes Bier recht. Hätte ich doch ein paar Bierchen eingeladen. Ohne flüssige Inspiration macht das Jagen auf Langohren keinen Spaß."

Wie es aussieht, sollte seine Erna entweder Wurstbrote essen oder, wenn es ihr beliebt, erwartungsvoll in den leeren Backofen gucken. Eine dritte Alternative war laut Josephus nicht in greifbarer Sichtweite.

„Ach was", sprach Josephus mit Hund Waldi. „Ich frag einfach meine Kollegen im Klubhaus, ob von denen einer einen Hasen entbehren kann."

Um es klarer auszudrücken, Josephus brauchte unbedingt seinen Tee, Bier, Wein oder Sonstiges, was der Harmonie diente. Mit schnellem Schritt verließen beide, Herrchen wie sein Hund, den Ort, an dem die Hasen schlauer und gewiefter waren als die Jäger.

Im Klubheim angekommen offenbarte sich dem Waidmann ein frivoles Festgelage mit Tanz, Wein und Weib. Die Gattin des ersten Vorsitzenden des örtlichen Jagdvereins, Anna-Bettina von Kullenberg, war an diesem Tag besonders gut drauf. Die adelige Dorfschönheit feierte ihren dreißigsten Geburtstag ohne ihren spießigen Ehemann, denn der weilte wie jedes Jahr zur selben Zeit in Norwegen auf der Suche nach Braunbären.

Wenn der wüsste, was sein Frauchen im Klubheim alles vom Stapel ließ.

Diese Dame war bekannt dafür, dass sie gerne – oder eigentlich immer – an einem Weinglas nippte. Und wie so oft am Höhepunkt der Feier angelangt, vergaß die alte Schluckeule jede Moralbedenken und war, beflügelt durch diverse Drinks, zu jeder

Schandtat bereit. Josephus rannte direkt auf die Baronin zu, küsste gekonnt und etikettengetreu ihre Hand und übersendete einen Geburtstagsgruß.

„Frau Baronin, Sie lassen unser Klubheim mit Ihrem adretten und bezaubernden Aussehen in einem sonnigen Glanz erblühen. Ehrfurchtsvoll übersende ich Ihnen die besten Wünsche für Ihren heutigen Jubeltag!"

„Josephus, du oller Schlawiner", lallte das Geburtstagskind. „Es freut mich ungemein, dass auch du mit von der Partie bist. Hier nimm und lass es dir schmecken!"

Und die feierfreudige Dame überreichte Josephus einen Krug voll mit dem unter Jägern bevorzugten Tee.

Für Josephus und seinen Waldi begann eine Feier der Superlative. Wie? Auch Waldi sollte zu seinem Spaß kommen? Ja! Auch wenn der Loser meist schlafend anzutreffen war, sollte was für ihn dabei sein. Mit einer neckischen Dackeldame tollte er verliebt durchs Klubheim. Na, wenn da mal kein Malheur passiert!

Das Feiern zog sich den ganzen Tag hindurch und so manch edler Waidmann segelte unter den Tisch.

Zu Hause bei den Schlottys stand Erna währenddessen wartend auf den Hasen in der Küche und wundert sich.

„Wo bleibt mein Mann? So wie ich den alten Suffkopf kenne, geht der im Klubhaus geradewegs vor die Hunde!"

Auf der Geburtstagsfeier indes ging es weiter hoch her, die gesamte Jägerschaft tanzte mit der Baronin eine Polonaise durch den Saal.

Eigentlich war von denen keiner mehr so recht ansprechbar. Vergessen waren alle Hasen, Rehe, Wild-schweine, kapitale Hirsche oder sonstiges Getier, das sich erschießen lässt. Es ging nur noch darum, wer von den Herrn oder Damen mehr Alkohol konsumieren konnte.

Und zu Hause bei den Schlottys! Purer Frust! Als sich das Warten zu sehr in die Länge zog, machte sich Josephus' Frau Erna wütend auf den Weg zum Klubhaus der Jäger. Was die Dame dort sah, wurde von sämtlichen Glaubensrichtungen bei Androhung des Höllenfeuers an den Pranger gestellt. Ein wahr-haftiges Sodom und Gomorrha! Dort lag ihr seliger Gatte samt seinen Vereinskollegen berauscht von al-lem, was die Alkoholindustrie zu bieten hatte, unter den Biertischen. Und mittendrin lag die schlafende Baronin Anna-Bettina von Kullenberg. Zur Freude von Erna war die Adelsdame fast nackt. Nicht kom-plett nackt, aber beinah. Die zuvorkommenden Männer hatten ihr, damit sie ihre intimsten Stellen verdecken konnte, alles Unkeusche mit Klebestrei-fen beklebt. Die gab ihr Bestes!

Als eine Spielverderberin konnte man jene Dame nicht bezeichnen.

Die Erna schaffte es sogar, ihren Alten aus dem Komma zurück ins Leben zu holen, wenn auch un-ter massiver Kraftanstrengung und mit der Zuhilfe-nahme eines Eimers voll mit eiskaltem Wasser. Mit netten Gesten führte Erna ihren ehrlosen Prinzge-mahl an den heimischen Herd.

Im Hause Schlotty gab es an diesem Wochenende weder Wurstbrote noch Hasenbraten: aber dafür jede Menge Streicheleinheiten, die die Wangen von Josephus rosarot einfärbten. Die Liebesbekundun-gen der einfühlsamen Erna gegenüber ihrem lasterhaften Trunkenbold sollten dazu führen, dass die Handflächen der aufgebrachten Dame noch nach einer Woche unangenehm schmerzten.

Und Baronin Anna-Bettina von Kullenberg? Was sagte die zu ihrem unerfreulichen Absturz? Die machte sich erst mal eine Flasche Cognac auf. Erst nachdem die Flasche leer und sie voll war, machte sie sich daran, eine mustergültige Ausrede für ihren ahnungslosen Gatten einfallen zu lassen.

3   Im nächsten Leben will ich ein Vogel sein

Wie wäre es, wenn wir uns nach unserem irdischen Dasein aussuchen könnten, als welches Lebewesen wir erneut auf unsere Erde zurückkämen. Ich fände es toll! Kein Problem! In der Glaubenslehre der ewigen Wiedergeburt ist dies – oder gar fast alles – möglich. Ich würde mich für einen riesigen Elefantenbullen entscheiden. Ein Monstrum mit zwei meterlangen Stoßzähnen. Ach was! Wer will schon Elefant sein, ich hab mir da schon was ganz Besonderes ausgedacht, doch darüber erfahren Sie einige Zeilen weiter. Ein anderer – ein ewiges Weichei – wäre zu gerne ein gefährlich fauchender Königstiger. Nicht immer nur brav und gehorsam sein. Nein! Dieses Mal will der Herr Angst und Schrecken verbreiten und nicht seinen gesenkten Kopf zu einem erzwungenen Ja senken. Und als solches Untier lauert er im Gras und wartet auf einen Unvorsichtigen oder auch nur einen depressiven Hirsch, der am Leben hadert. Depressiv deshalb, weil seine alles geliebte Hirschkuh mit einem anderen Kerl durchgebrannt ist. Und dem armen Loser legt sich der gnadenlose Killer samt der untreuen Hirschkuh gemütlich auf seine schmatzende Zunge. Und wiederum andere – besonders sensible Damen, die sich gerne auf dem Laufsteg sehen würden – wählten einen bunt schillernden Schmetterling. Und ehemalige Herrschaften, die damit beschäftigt waren, uns gebeutelten Arbeitssklaven mit ihren Steuern zu traktieren, würden zu gerne als Läuse, Flöhe oder gar Wanzen wiederkommen. Denn das Blutsaugen war deren Berufung und sollte, wenn möglich, im nächsten Leben weitergeführt werden. Das alles lässt sich machen!Man sagt doch, dass in der tibetischen Glaubenswelt eine immerwährende Wiedergeburt unter bestimmten Voraussetzungen möglich sei. Erst wenn der Verstorbene seine Untaten aus all seinen früheren Leben abgetragen hatte, durfte er den Kreislauf des ewigen Wiederkommens beenden. Aber bis es so weit war, muss der sündhafte Mob jedes Mal aufs Neue rechnen, in einem anderen Lebewesen, ob nun Tier, Pflanze oder Sonstiges, auf die Welt zu kommen. Einer unserer besten Freunde war der Erwin. Der größte Säufer im gesamten Landkreis. Mit seinen achtzig Lenzen auf seinem alten Buckel und seinem Humor hatte der sicher alles erlebt. Nur eines sollte ihm in all den Jahren verwehrt bleiben. Er hatte nie die Chance gehabt, die Erde aus der Perspektive eines Vogels zu be- trachten. Wie das Schicksal so manchen einen Streich spielt, hatte er in seinen jungen Jahren kein Geld, um zu fliegen. Und heute? Heute erlaubt es sein Arzt nicht mehr. An manchen Tagen saßen wir alle vereint in unserem Klubheim – einem Sportverein – und sinnierten darüber, in was wir uns nach dem irdischen Leben verwandeln wollen. Der Franz – ein erfolgloser Unternehmer – möchte als Hund wiederkommen. Er wollte es am eigenen Leib erleben, welches Gefühl es auslöst, wenn ein anderer seine Steuern bezahlt. Nur das lästige Kas- trieren sollte, wenn es denn so weit ist, verboten werden. Und Emil, unser Vereinstrottel? Der dachte an eine Weinbergschnecke. Diese – so seine Mei- nung – haben schon mit ihrer Geburt ihr eigenes Haus. Und dafür müssen sie nicht mal horrende Hypothekenzinsen an die gierigen Bankengeier bezahlen. Aber das Wichtigste: Er musste beim

Hausbau keinen Finger rühren. Denn das Wort Arbeit ließ ihn die Gänsehaut – hervorgerufen durch Angst – bekommen. Emil wusste genau, wie viele Tage er in seinem Leben schon gearbeitet hatte! Wie viel? Dafür reichen ihm die fünf Finger einer Hand. Seine Begabung lag mehr darin, in einer Minute eine ganze Maß Bier zu schlucken. Respekt! Unter Alkoholikern war dies ein wahrer Geniestreich. Auch ich hatte so meine Vorstellung. (Vergessen Sie den Elefanten.)„Kein Tier", sagte ich zu meinen Freunden. „Ich möchte im nächsten Leben als Frau zur Welt kommen. Warum ausgerechnet eine Frau, werdet ihr mich fragen. Mit einem Satz: Ich will dieses Geschlecht studieren, damit ich beim nächsten Mal, wenn ich erneut als Mann das Licht der Welt erblicke, die Gefühls- und Gedankenwelt jener verzogenen Grazien verstehen lerne."Und so ging es der Reihe nach durch. Und jeder gab seine Wünsche bezüglich seiner Wiedergeburt preis. Als Letzter und Ältester kam unser Freund Erwin zu Wort.

„Na", fragten wir den Senior, „als was würdest du wiederkommen?"

„Ha", lallte der **(er hatte schon einige Biere intus)**, „da hob i mir eine gnaue Vorstellung ausdacht. Wie ihr olle wisst, bin i no nie in an Flugzeug gflogen, und deshalb wui i wenn's so weit is als Vogel zruckkumma."

„Und an welchen Vogel dachtest du?", fragten wir.

„A scheiß drauf, des is mir egal. Hauptsach, der ko fliegn."

„Dann", sagten wir zu unserem Freund, „lass dich überraschen. Aber zuerst mal eine halbe Bier."

Wir alle feierten bis zum Morgengrauen. Es floss

mehr Bier und Schnaps durch unsere Kehlen, als Wasser die Niagarafälle herunterstürzten.

Tags darauf ging Erwin, weil vom vielen Bier ange- törnt **(ach je, schon wieder)**, um zwanzig Uhr zu Bett.

Doch irgendwann mitten in der Nacht verspürte er ein heftiges Stechen in der Brustgegend. Und, was war geschehen? Mit einem Mal erloschen bei ihm sämtliche Lebenslichter. Unser Vogelliebhaber war das, was einem Bestattungsinstitut zu Reichtum ver- half. Für den armen Erwin hieß es: „Tot! Und aus die Maus."

Doch der Tod mit seinen Konsequenzen sollte nicht alles im Seelenkorsett Erwins gewesen sein. Denn die himmlische Göttergemeinschaft tauchte Erwins Seele erneut in ein warmes Kuschellicht. Die neue Seele, die sich in den Körper Erwins einschlich, be- wirkte, dass er – zwar noch recht schlaftrunken – seine ehemals toten Augen öffnete. Noch etwas un- sicher betastete er sich im Halbdunkel gründlich ab.

„Ja, wos is des", rief Erwin.

Zu seiner Freude erfühlte er statt menschlicher Haut doch tatsächlich Federn. Und seine Nase wurde durch einen spitzen Schnabel ersetzt.

„Sappralot", schrie Erwin freudestrahlend aus. „I bin a Vogerl!"

Er freute sich wie ein Schneekönig und konnte seine Ungeduld nicht bremsen. Sein Drang zu fliegen sollte alle Vernunft außer Kraft setzen. Aber zuerst wollte er sich in seinem neuen Element genauer um- sehen. Unser Piepmatz Erwin saß wie ein Profiseil- tänzer auf einer Stange.

„Des is geil, auf an Stangerl balanciern ko i a", dachte sich Erwin.

Der Arme sollte sich in Bezug auf sein neues Leben als Vogel gründlich irren. Erwin, die Götter haben dir einen üblen Streich gespielt! Wie das? Na, Erwin, du alte Schluckente, dann mach doch deine Augen etwas genauer auf und schau in die traurigen Gesichter deiner zukünftigen Kollegen. Ja, genau die, die die Stange mit dir teilen. Tatsächlich erblickte Erwin überall frustrierte Nachbarn, die zur Rechten, zur Linken, vorne und hinter ihm saßen.

„Wo san ma hier?", fragte Erwin seinen Kollegen zur Rechten.

„Na wo möchte der edle Paradiesvogel denn gerne sein?", bekam er zur Antwort.

„Du bist sicher neu hier. Gut! Herzchen, deine Flausen über das freie Vogelleben wird man dir hier schon noch austreiben. Mann, du darfst Hurra schreien, du hast das Glückslos gezogen, und der Hauptgewinn ist die Wiedergeburt in einer Hühnermastbatterie. Von wegen wie ein Singvogel um die Welt düsen und den hübschen Finkdamen schöne Augen machen. Ha, nach einem dreimonatigen Aufenthalt in dieser Wellnessoase wird man dir freundlicherweise den Kopf abhacken und dich von deinen Federn befreien und dich anschließend als leckeres Hähnchen auf einen Grill legen. Und? Sind doch schöne Aussichten, nicht wahr!"

„Wos sagst du da?", rief Erwin.

„Mir olle hier wer'n gmäst, um dann vo de Menschen gfressen zu wer'n."

Diese Prophezeiung bewirkte, dass sich Erwins Federkleid kerzengerade aufstellte.

„De Götter, de oidn Lausbuam, ham mi bschissen", rief Erwin ein weiteres Mal. Wütend über sein Los ballte er seine Kralle zu einer Faust und schimpfte gegen alle Heiligen im Himmel.

„Himme sakra, i wui sofort wieda als Mensch geborn wer'n."

Aber wie es aussieht, erlebte Erwin eine neuerliche Wiedergeburt. Ein weiterer Stich in die Brust holte Erwin zurück ins Leben. Punkt sechs Uhr morgens sollte für den alten Quartalssäufer sein sehnlichster Wunsch, als Mensch wiedergeboren zu werden, in Erfüllung gehen. Denn die Nacht, wo er zu früh verstarb und als Grillhähnchen das Licht des finstersten Abgrunds erblickte, war nur ein übler Albtraum, hervorgerufen durch seinen exzessiven Biergenuss. Vielleicht sollte sich Erwin beim Saufen etwas zurücknehmen. Aber was hatte es mit dem Schmerz in der Brust auf sich? Na ja, wenn man gerne wie der Erwin säuft, sollte man, wenn einen das Sandmännchen ruft, mit der Brotzeit im Bett fertig sein. Der Schmerz wurde von dem Brotzeitmesser, auf dem der Erwin lag, verursacht.

Erwin, freue dich! Die Welt hat dich wieder!

Doch dieses Geschehen blieb bei unserem Schluckspecht nicht ohne gravierende Folgen. Eines schwor sich Erwin, als er zum ersten Mal der Sonntagsmesse beiwohnte:

„Mei ganz Lebn lang iss i koa Hendl mehr!"

4   Hier wird nicht geraucht

Und? Wie halten Sie es mit dem Rauchen? Sind Sie mehr derjenige, der tolerant der Qualmerei gegenübersteht. Oder verursachen Sie einen verheerenden Aufstand, wenn Sie einen Mitmenschen erblicken, der sich eine Kippe in den Mund steckt. Unentschieden? Gut!

Ich bin derjenige, der der Toleranz gegenüber dem rauchenden Mob das Kriegsbeil ausgegraben hat. Obwohl ich ehrlich zugeben muss, dass ich in früheren Zeiten zu jenen gezählt wurde, die sich einen leidenschaftlichen Kettenraucher nennen durften. Früher! Heute verteufle ich das Nikotin und seine Folgen. Mit anderen Worten: Das Rauchen sollte unter Strafe gestellt werden.

Ein Beispiel: Für jede geraucht Kippe sollten für die Konsumenten mindestens drei Monate Haft herausspringen. Oder wenn das nicht möglich sei, doch wenigstens so eingeschränkt werden, dass man das Gefühl hatte, diese seien ausgestorben. Meinetwegen dürfen sie sich ihre Sargnägel einverleiben, aber nur zwischen zwei bis drei Uhr morgens und das auch nur in einem separaten, nur für Raucher zugeteilten Kellerabteil. Ich empfinde es als meine heilige Pflicht, an vorderster Front gegen die allmächtige Tabakindustrie zu stehen. Und genau aus diesem Grund habe ich unter den sogenannten Raucherkreisen keinen einzigen wahren Freund. Die wollen eh nur unter sich bleiben. Es ist nun mal so, Raucher sterben eben nur unter ihresgleichen.

Dabei sind es gerade jene Dauersmog produzierenden Typen, die uns Nichtrauchern das Leben schwer machen. Manchmal kann so eine Eskalation in ein wahres Blutbad führen.

Glauben Sie nicht?

Dann, meine Freunde, lest diese Geschichte, die mir im letzten Jahr passiert ist.

Es war der allseits berüchtigte Montagmorgen, an dem ich um neun Uhr in der Früh zur Arbeit ging.

An diesem Tag sollte ich als Hausmeister alle Reiniger, die in unserer Firma arbeiteten, kontrollieren. Mein Chef sagte mir, dass ich meinen Kollegen ablösen soll.

Gut! Eigentlich kein sonderliches Problem. Bei dieser Arbeit – das wusste ich genau – sitze ich den ganzen Tag im Büro und sehe durch ein Fenster und kontrolliere, ob die Reiniger ihre Arbeit gewissenhaft verrichten. Es ist, wie jeder in der Firma weiß, der totale Abseilerjob. Glauben Sie mir, meinen Job liebe ich ungemein.

Die anderen Kollegen, die nicht so viel Glück hatten, sprachen stets davon, dass die, die diese Arbeit verrichten, mehr oder minder zu den Scheintoten zählen.

Irrtum! Auch wir sind aktiv! Besonders dann, wenn es heißt, Mittag und somit Essenszeit.

Ich ging also zu jenem Büro. Und? Was sah ich dort? Der Kollege, der die Schicht vor mir innehatte, saß mit einem Freund im Raum und jeder der beiden hatte eine Kippe im Mund. Der Sauerstoff im Raum ließ sich in lauter kleine Portionen aufteilen. Die beiden verschwanden fast im dichten Nikotinnebel. Das bedeutet Krieg! Das musste ich mir nicht gefallen lassen.

„Meine Herrn", rief ich den bleichgesichtigen Luftverschmutzern zu. „Hier wird nicht geraucht!"

Die Angesprochenen sahen mich mit großen Kuhaugen an. Wahrscheinlich dachten sie, ich sei mit einem Asteroiden aus einer völlig fremden Galaxie auf diese Erde gekommen.

„Was willst du?", fragten mich die beiden.

Um zu demonstrieren, dass es mir mehr als ernst war, riss ich sämtliche Fenster und Türen weit auf. Was zur Folge hatte, dass sich die Gesichter meiner Kontrahenten zu einer hasserfüllten Fratze verzogen. In den Augen meiner Kollegen war dies die Vorstufe zur Rebellion.

„Mann", riefen sie mir zu.

„Du glaubst wohl, wenn du hier wie ein angestochener Ochse hereinstürmst und dabei einen Amtmann vom Stapel lässt, drücken wir eingeschüchtert auf der Stelle unsere Kippen aus!"

„Natürlich", antwortete ich. „Das ist das Mindeste, was ich als Nichtraucher verlangen kann."

„Einen Scheiß kannst du!", bekam ich zur Antwort.

Bis zu diesem Zeitpunkt lief unsere Unterhaltung noch in geordneten Bahnen. Aber es sollte sich im Laufe des Disputs ändern.

„Ihr Affen, ich bin Nichtraucher!", schrie ich. „Es gibt, falls ihr es noch nicht wissen solltet, ein Gesetz, das mich vor euch geräucherten Luftverschmutzern schützt!"

„Dann halt die Luft an!", sagte der Freund meines Kollegen.

Ich war außer mir! In diesem Zustand sagt man zu gerne jene Sachen, die man so nicht sagen würde.

„Du Depp!", rief ich in die rauchende Runde. „Gleich geh ich dir an die Kehle, dann wirst du sehen, wer von uns beiden die Luft länger anhalten kann."

Mein Kollege zeigte mir den Vogel und ich ihm den

mittleren Finger der linken Hand. Diese Geste war das Feuer für das prall gefüllte Fass Benzin. Das erste A…loch erschallte im Raum.

(Anmerkung des Verfassers: Mit diesem besagten A…loch bezeichnet der niedere Mob jene Stelle, an dem die verdaute Nahrung wieder ans Tageslicht tritt! Es folgte auch das vulgäre Wort, mit dem man einen onanierbegeisterten, auf frischer Tat ertappten Jüngling beschimpft. Sie kennen dieses Wort nicht? Dann fragen Sie Ihren pubertierenden Sohn. Der weiß um diese Sache Bescheid.)

Aus purer Neugier und durch unseren verursachten Lärm kamen immer mehr Leute hinzu. Und jeder versuchte seinen Standpunkt in Sachen Rauchen an den Mann zu bringen. Ein Bürozimmer mit gerade mal fünf auf vier Metern, in dem sich mindestens fünfzehn aufgebrachte Personen befanden, das konnte nie und nimmer gut ausgehen.

Wenn man von den Beleidigungen absieht, standen wir alle kurz davor, mit geballten Fäusten aufeinander loszugehen.

Das Geschrei war trommelfelltötend. Es wurde – zwar unbemerkt – geschubst und sogar dem Feind gegenüber ein gemeiner Stoß in die Rippen verpasst. Wir alle hatten das Glück, dass keine Messer und Gabeln, die man als Waffen benutzen konnte, zur Verfügung standen.

Es hätte ein Blutbad widerlichsten Ausmaßes ergeben. Alfred, der Älteste von uns – und kurz vor der Rente, schrie von allen am lautesten und um seiner Drohung noch mehr Nachdruck zu verleihen, fuchtelte er mit den Fäusten um sich und rief:

„Ihr Warmduscher, seht mich an, ich rauche seit

meinem zwölften Lebensjahr und lebe immer noch. Ihr käsigen Müslibubis seid ja nur zu schwach, um eine Zigarette anzuzünden. Besser noch: Man hat euch das Rauchen verboten! Wisst ihr, was ich von euch halte? Wisst ihr nicht? Memmen seid ihr. Schämt euch, eure Frauen haben euch zu lenkbaren Ehesklaven erzogen!"

„Was sagtest du?", fragte ich. „Seit wann rauchst du?"

„Seit meinem zwölften Lebensjahr!", bekam ich zur Antwort.

„So siehst du auch aus", sagte ich zu Alfred.

Unwissend von jenen Geschehen mischte sich Oliver in die überhitzte Diskussion ein.

(Oliver war der eifrigste Komasäufer der Firma!)

Die Schluckente wollte wissen, ob das Verbot nur fürs Rauchen und nicht auch noch für Bier galt. Einer der Kollegen sagte zu ihm:

„Oliver, saufen darfst du. Aber wehe, du zündest dir eine Zigarette an, dann, mein Lieber, wirst du von Deuml", das bin ich, „gelyncht."

„Sag das noch mal", sprach ich, „dann bist du der Erste, der baumelt."

Ohne Vorwarnung fiel Oliver – weil schon bis über die Ohren angesoffen – über den verqualmten Schreibtisch. Dies wurde von allen als Aggression empfunden. Jetzt wurde es ernst. Zuerst flog das Telefon vom Tisch, gefolgt von Computer. So wie ich meine Kollegen kenne, befinden sich auf diesem Teil eh nur nackte Frauen. Die Kontrahenten ließen sich von diesem Vorfall nicht sonderlich beeindrucken, es wurde weiterhin wild durcheinander geschrien.

Die harmlosesten Schimpfworte werde ich euch Lesern nicht vorenthalten. Man hörte Worte wie Sau, Scheißkerle, Stinktier oder Volldeppen. Wie schon gesagt, ich gebe nur die Worte weiter, die man gerade noch als jugendfrei bezeichnen darf. Alle anderen sollten – weil auch Jugendliche diese Zeilen lesen könnten – verschlüsselt wiedergegeben werden. Mittlerweile war die Stimmung im Raum aufs Maximum angewachsen. Wir alle standen kurz vor einer handfesten Keilerei.

Sicher ahnen Sie, was dies zur Folge hatte! Genau! Um unseren Streit zu beenden, musste das Sicherheitspersonal der Firma eingreifen. Und mit denen ist – das wussten wir alle – nicht zu spaßen. Nachdem wir mit brachialer Gewalt zur Gewaltlosigkeit bekehrt wurden, mussten wir uns alle vor unserem Oberboss verantworten.

Wir standen andächtig wie frisch verprügelte Jungs vor unserem Brötchengeber. Mann, das gab vielleicht ein Donnerwetter. Der ließ uns durch sein väterliches Geschrei keine einzige Haarschuppe auf unserem Kopf.

„Meine Herren", schrie uns unser Häuptling an. „Bevor ich euch allen eine saftige Abmahnung erteile, will ich zu gerne wissen, worum es bei diesem Streit eigentlich ging!"

Wir, die Streithähne zuckten, verlegen mit den Schultern.

„Chef", sagten wir, „wir können dir keine Antwort geben, wir alle wissen nicht, worum das Gezeter ging!"

„Wie bitte", rief der Boss, „ihr wisst nicht, warum ihr euch in die Haare gekriegt habt?"

Der Mutigste von uns sagte mit kleinlauter Stimme

zum Boss:

„Wir wissen es wirklich nicht! Aber so wie es aussieht, muss es sehr, sehr wichtig gewesen sein!"

5 Fuck! Nur drei Streichhölzer

Sind Sie Raucher? Ja? Schön! Ich war auch einer. Aber seit nahezu fünfzehn Jahren habe ich mir und meiner geteerten Lunge eine wohltuende Wellnesskur verordnet. Doch damals in jungen Jahren vergingen keine fünf Minuten, dass ich mir keinen Sargnagel in den Mund gesteckt hatte. Ich war das, was die Medizin einen verkommenen Kettenraucher nennen darf. Was bedeutet das Fehlen von Tabak und Feuerzeug? Für einen wie mich bedeutete der Verzicht nur blanker Horror. Da verwundert es keinen, dass ich umso mehr besorgt war, dass ich jene Utensilien ständig bei mir hatte.

„Deuml", musste ich mir des Öfteren anhören, „wo in Gottes Namen bleibt deine Willenskraft?"

Wer solchen Stuss daherredet, hat nur ein Problem! Er, der Schlaffi, darf es einfach nicht. Würden die trotzdem eine Kippe rauchen, bekämen sie von ihren Ehepartnern die berühmte Rote Karte. Alles nur unter dem Vorwand, dass der Familienernährer früher stirbt. Und die monatliche Hypothek für das schmucke Einfamilienhaus bleibt wegen der ausufernden Nikotinsucht des Vaters auf der Strecke.

Mir verbietet keiner was! Denn ich habe beschlossen, mich nie einer standesamtlichen Prozedur mit anschließenden Flitterwochen zu stellen. Ich weiß, es ist ein absoluter Frevel von mir, dass ich mit meinem grandios tollen Aussehen ein ewiger Junggeselle bleiben möchte. Aber so bin ich nun mal. Ich hoffte zu allen Zeiten nur das eine.

Dass sich wegen meiner Aussage – ledig zu bleiben – sich nicht Hunderte Frauen im besten Heiratsalter ins nächstliegende Frauenkloster begeben. Aber lassen wir das! Ich wollte nur die Geschichte über drei Streichhölzer erzählen.

An einem sonnigen Morgen vor vierzehn Jahren – also kurz vor dem Beenden meiner Raucherkarriere – wollte ich mich an unserer schönen Natur erfreuen und nebenbei angeln. Um vier Uhr morgens durchsuchte ich meine Anglertasche, ob ich auch wirklich alles, was zum Angeln dazugehört, dabeihabe. Köder **(fette Regenwürmer und quirlige Maden)**, drei Flaschen Bier, zwei Wurstbrote, eine Thermoskanne mit Kaffee so stark, dass ein Toter zum Leben erweckt werden konnte. Doch das Allerwichtigste waren Tabak, Zigarettenpapier und Streichhölzer.

Nachdem ich einen aussichtsreichen Angelplatz gefunden hatte, wollte ich, bevor ich mir die erste Kippe einverleibe, ein opulentes Frühstück genießen. So ein Aufenthalt in der frischen Natur macht hungrig. Mit einem Heißhunger stürzte ich mich auf die Wurstbrote und der duftende Kaffee sollte das Erste sein, was ein Genussmensch benötigt. Doch jetzt sollte das Highlight des frisch erwachten Morgens stattfinden. Die erste Zigarette! Mit frierenden Fingern drehte ich mir eine Kippe. Frierende Finger? Heute weiß ich es nicht mehr so genau, es konnte auch die Vorfreude auf die erste Portion Nikotin sein.

Nur gab es ein schwerwiegendes Problem. Um dieses Dilemma zu verstehen, muss ich euch von meinem Ordnungsfimmel erzählen.

Mein Drang nach ewiger Perfektion zwang mich jedes Mal, dass ich jedes einzelne abgefackelte Streichholz nach Gebrauch zurück in die Streichholzschachtel schob. Es erscheint Ihnen bestimmt, dass ich einen etwas sonderbaren Charakter besitze, aber was soll's, es ist eben meine ureigene Realität, mit der ich seit Kindesbeinen zu kämpfen habe.

Sicher ahnen Sie, was mir widerfahren ist. Ja! Genau! Beim Durchwühlen der Hölzer waren nur noch drei zu einem brauchbaren Feuer intakt. Drei Streichhölzer sind für einen Kettenraucher, wie ich es war, sicher nicht zu viel bemessen. Gerade an diesem Tag, wo mir der Wind mit Orkanstärke um die Ohren wehte. Mir wurde schnellstens klar, dass dieses Manöver wie ein Dünnschiss in die Hose gehen würde.

Beim ersten Streichholz konnte ich traurig zusehen, wie es eine Liaison mit dem Wind einging und von dannen düste. Und das zweite brach genau in der Mitte durch. Der Zündkopf aber, der flog in das Grün der Uferwiese. Für einen blinden Maulwurf wie mich war dieses Teil unauffindbar ins Aus gerückt. Nur noch eines war übrig, das mich vor einem Unheil, das jedem Raucher zu blühen droht, bewahren sollte. Und dieses eine Feuer über dem Kopf, nur so war es möglich, das verbliebene Streichholz zu entzünden. Uff, ich habe es geschafft, die Zigarette brennt.

Aber um welchen Preis?

Die Glut durfte an jenem Angeltag nie zu Ende gehen.

Shit, mir standen harte Zeiten bevor. Ich zog meinen Pulli an. Für die nächsten Stunden war Dauerrauchen angesagt. Ich zündete mit der verbrauchten Kippe die neue an. Nur so war es mir möglich, an diesem Tag zu rauchen. Nur eines durfte nicht passieren, das Feuer durfte nie ausgehen. Also rauchte ich Kette. Ungefähr zwanzig Zigaretten später rührte sich was an meiner Angel. Wie es aussah, interessierte sich ein kapitaler Fisch für meinen Köder. Ein Karpfen oder ein Wels! Auf alle Fälle etwas Großes. Kapital! Ha, es hing ein Fischlein kleiner als der Wurm am Haken. Und wegen dieses mickrigen Herings legte ich meine Kippe zur Seite, was dazu führte, dass die Glut erlosch. Die weiteren Stunden bestanden darin, verzweifelt am Daumen zu lutschen. Meine Freunde, glaubt mir, das Aneinanderreiben zweier Holzstücke, um ein Feuer zu entfachen, funktioniert nur bei den ausgestorbenen Neandertalern. Wahrscheinlich ist diese prähistorische Menschengattung vom Erdball verschwunden, weil ihnen das Feuer für ihre Glimmstängel ausgegangen ist. Und das mir! Und für was? Bis auf den Hering fing ich an diesem Tag nichts. Doch dies sollte nicht das einzige Malheur des Tages sein.

Als absolute Krönung sprang meine Karre nicht mehr an und ich musste mit pfeifender Lunge – wegen des Verzichts auf Tabak – zu Fuß nach Hause laufen. War ja alles nicht so schlimm, es waren nur zwölf lächerliche Kilometer bei heftigem Gegenwind und ohne Kippe.

6 Einer Frau kann man vertrau'n !
Aber einem ganzen Rudel?

Eines möchte ich gleich zu Beginn klären! Schlecht über Frauen zu reden sei nicht meine Absicht in dieser wahren Geschichte.

Aber dann und wann kann es einem triebhaften Casanova schon mal passieren, dass ihn die sonst so zartfühlende Gemeinde der Frauen zu Fall bringt. Julian, ein Freund von mir hatte das Glück oder Pech – je nachdem –, von solch einer Zusammenkunft zu berichten.

Es war vor ungefähr dreißig Jahren! Julian, ein begnadeter Frauenheld unserer Stadt (wo? Das bleibt geheim), wankte blau wie ein im Sonnenlicht erblühtes Lavendelfeld aus seiner Stammdisco. Dem damaligen Bauhaus. An diesem Abend war keine seiner zahlreichen Freundinnen bereit ihm mit Zärtlichkeiten unter die Arme zu greifen. Was ja an diesem Abend eh egal war, weil Julian an jenem Tag seine alljährliche Schwermut pflegte. Warum nur quälte er sich? Und gerade am Wochenende, wo doch jeder andere seiner Clique die berühmte Sau rauslässt. Das lässt sich leicht erklären.

Das Futter für seinen Frust kam vom hiesigen Arbeitsamt. Von jener Institution bekam er eine Einladung wegen eines Bewerbungsgesprächs, was bedeutet, dass man ihn – den faulsten Sack Deutschlands – mit einem Job beglücken wollte. Gerade jetzt, wo die Badeseesaison mit den hübschen Mädels in vollem Gange ist.

Wer kann es ihm verdenken, dass er wie ein gedanklicher Nichtschwimmer im bodenlosen Selbstmitleid badet. Um diese Schmach vergessen zu können, gab sich Julian die Kante. Er ließ sich bis rauf zur Unterlippe mit Bier, Schnaps und sonstigen Alkoholika volllaufen. Mit den letzten hundertfünfzig Mark **(für die jungen Leser: Zu unserer Zeit hatten wir noch die gute alte D-Mark)**, die er dem Wirt auf die Theke legte, war sein Abend gelaufen. Das heißt: Er durfte still und leise den Heimweg antreten.

Zum Abschied klopfte ihm der Betreiber aufmunternd auf die Schulter und sprach zu ihm:

„Komm schon, Julian, lass dich nicht so hängen, du bekommst ja bald eine neue Anstellung. Dann, mein Freund, bist du eh wieder flüssig!"

„Ha!", antwortete Julian, „für simplen Tariflohn verlangt man von mir, dass ich in irgendeiner Quetschmühle zum Krüppel werde!"

(Unser Julian! Er übertreibt zuweilen gern!)

Ohne Barmittel spazierte oder – sollte ich um der Wahrheit gerecht werden – wankte Julian einsam durch unsere Altstadt. Trotz jeder Menge Sprit im Blut konnte er keine Ruhe finden. Zu sehr hasste er seine bevorstehende Zukunft. Die Straße rauf und wieder runter hörte man, wie er zu sich sagte:

„Welchen widerlichen Knochenjob werden sie mir diesmal anzudrehen versuchen?"

Und wie er so vor sich hin brummte, hörte er, wie sich ihm von hinten ein Fahrzeug näherte und ihn anhupte.

„Hey, Julian!", drang es aus dem Fahrzeuginneren. „Wie sieht's aus, geht noch ein Bier?"

Als Julian zu der Geräuschquelle hinsah, bemerkte er, dass es sich dabei um eine frühere Freundin handelte. Und mit einiger Anstrengung fiel dem Bohemien sogar deren Namen ein. Es war die flotte Micha.

„Dass die noch mit mir redet?", dachte er sich.

Seiner Michaela hatte der Julian vor zwei Monaten wegen der smarten Gerti den Laufpass gegeben. Dabei war gerade Michaela diejenige, die unsterblich in Julian verliebt war, und nicht das verkommene Miststück Gerti. Und nun sollte er zu ihr ins Auto steigen und irgendwo eine geheime Bierparty mit anschließendem Befummeln feiern. Das sieht sehr verdächtig nach einem Komplott aus! Mann, wenn das mal gut geht.

„Ach was soll's!", dachte er sich. „Was kann schon passieren? Den Kopf wird's mir schon nicht kosten."

Und er stieg zu Micha ins Auto.

„Aber, aber, was ist das!", frohlockte Julian.

„Micha, du bist nicht alleine!"

Ja! Es befanden sich noch zwei weitere Damen im Auto.

„Nicht von schlechten Eltern!", dachte sich Julian, als er die drei Grazien vor sich sitzen sah. Angetörnt durch den Alkoholkonsum stieg sein Selbstvertrauen zur immensen Größe heran.

„Wenn das so ist, na, dann vernasche ich eben alle drei!"

Julians miese Laune wechselte über zur anderen Seite, zu jener, die man als pure Lebensgier bezeichnen darf.

Selbst für einen verwöhnten Don Juan wie ihn kommt so eine Chance seltener als dreimal sechs Richtige im Lotto hintereinander. Julian rechnete sich in seinem Kopf aus, wie er jede einzelne Tussi **(so reden nun mal Machos)** flachlegen würde.

„Mit den Süßen bumse ich das Kamasutra rauf und

wieder retour. Und anschließend beginne ich von Neuem. Hui, das wird eine Mordsgaudi geben."

Unser Freund nahm grinsend wie ein Kleinkind vor dem Weihnachtsmann stehend hinten zwischen der Rosi und der Lina Platz und Micha lenkte den Audi A3 von der Innenstadt raus in die erquickende Natur. An einem geeigneten Ort, wo man als Viererbande eine intime Party feiern konnte, gönnte man sich zum Aufwärmen und Kennenlernen einige Biere. Und um die bevorstehende Harmonie zu steigern, zogen die vier lustigen Vögel nacheinander an einem Joint.

Und um Julian bei Laune zu halten, bekam er so manchen Kuss.

„Hey, Mädels", sprach der Casanova, „es wird doch bestimmt mehr kommen als nur ein simpler Kuss. Oder?"

Aber natürlich! Julian bekommt weit mehr, als es seiner Gesundheit guttut. Er soll nicht enttäuscht werden, so viel sei gesagt. Doch dafür müssen wir die Uhr um einige Stunden nach vorne drehen. Die liebe Mittagssonne war die Fee, die unsern Julian zum Leben erweckte.

Toll! Unser Held erwachte inmitten eines weitläufigen Felds, auf dem Mais angebaut wurde. Noch immer besoffen sah Julian um sich. Weit und breit kein Auto, er war Mutterseelen alleine auf weiter Flur. Was ist geschehen? Und wo sind Micha, Lina und Rosi?

Was jetzt kommt, sollte beinahe so grausam wie die neue Arbeitsstelle sein. Es war Rache! Rache dafür, dass Julian der Micha den Laufpass gab. Gemein, sehr gemein! Doch es sollte weitaus schlimmer kommen!

Die drei Damen befüllten ihr Opfer Julian mit allem, was die Spirituosenindustrie hergab, und zu guter Letzt warfen die Mädels ihren bewusstlosen Galan fernab aller Zivilisation vor die Tür oder besser auf den Acker. Um der Bestrafung mehr an Gewicht zu bieten, stahlen sie ihm seine Schuhe samt Socken. Julian setzte sich auf einen Grashügel, um sich eine Zigarette anzuzünden. Was nicht funktionieren sollte. Denn die Damen hatten vorgesorgt. Er durfte sich an den Zigaretten erfreuen, aber rauchen ohne Feuer ist schlecht möglich.

„Scheiße!", rief Julian so laut, dass man es kilometerweit hören konnte. „Die alten Tucken haben mir sogar das Feuerzeug abgenommen. Ich glaub, ich verreck."

Alles, was positiv erscheint, verfluchte Julian. Wie auch! Ohne Zigaretten und was zum Trinken? Als Wandergeselle machte unser Freund keine allzu schlechte Figur. So ein gemütlicher Morgenspaziergang ohne was zum Rauchen und etwas gegen den morgendlichen Alkoholbrand tut doch ungemein gut. Und so schlimm, wie es Julian darstellt, war es nicht! Die paar Kilometer! Zwölf, um genau zu sein, sollten seiner Fitness nur Gutes tun. Die Bestrafung seiner Ex und der neue Arbeitsplatz schlugen mit vollster Härte auf den Gebeutelten ein. Armer, armer Julian!

Liebe Leser, nehmt euch in Acht. Um nicht genauso abzustürzen wie der Julian, solltet ihr, wenn euch euer Leben lieb ist, genauestens überlegen, ob ihr euren Partnerinnen den Laufpass gebt. Denn die Rache einer gehörnten Frau kann verheerend sein.

Bitte verzeiht! Ich möchte euch mit dieser Lüge keinen Bären aufbinden, also sage ich euch allen die

Wahrheit. Ich war es, und nicht der Julian, der barfuß und ohne Feuerzeug durch die staubtrockene Pampa gewandert ist.

7 Die Beichte

Na, wie halten Sie es mit der Religion? Gehören auch Sie einer Glaubensgemeinschaft an, die sich dem Guten zugewandt hat? Oder leben Sie in einer unseriösen Zwischenwelt, in der sich das Verbrechen und die Gewalt die Hand reichen? Ich sehe schon, für manche ist diese heikle Frage nicht zu beantworten, die haben Angst, dass ein übereifriger Staatsanwalt diese Zeilen lesen könnte. Ansonsten ist der Abgrund zwischen Gut und Böse weitgehend unüberbrückbar. Und nur sehr selten begibt sich das weitverbreitete Chaos in die Obhut christlicher Nächstenliebe.
Kann das gut gehen? Ja, es kann! Nehmen wir mal an, dass sich solche Szenarien begegnen. Wo? Na an einem neutralen Ort, an dem sich Heiligkeit mit Satanismus zu einem Schlagabtausch trifft. Und wo soll dieser Ort denn sein?
Es gibt eine solche Umgebung! Eine bessere Adresse für ein belangloses Treffen gibt es wohl nicht als ein Besuch in einer Kirche.
Wieso soll ein Kirchenschiff ein neutraler Ort sein? Oh ja, Sie haben ja so recht!
Liebe Leser, um der vorherigen Frage einen Sinn zu geben, muss ich leider zugeben, dass mir dafür nichts Besseres einfiel.
Aus diesem Grund sollte die Verabredung in der von mir erzählten Story in einem der vielen Beichtstühle stattfinden. Dort ist man, wie schon jedes kleine Kind weiß, meist nur zu zweit in einem dieser kirchlichen Vernehmungsräume. Obwohl unsere Kirchen sparen müssen, ist eines sicher, eine Gruppenbeichte im Sinne der christlichen Statuten wird

es in absehbarer Zeit wohl nicht geben. Das soll die Zukunft klären, wir wollen uns wieder dem Kernthema zuwenden.

Ein Holzhandwerker, den alle Edwin nennen, bekam von seinem Chef den heiklen Auftrag, die wackeligen Scharniere der Beichtkabinen zu überprüfen. Für den Faulenzer eine willkommene Aufgabe, so konnte er doch – wegen rückläufiger Besuche der Stiftskirche – in einer dieser Kabinen sein geheimes Schläfchen abhalten. **(Mit schweißtreibender Arbeit hatte unser Handwerker wenig im Sinn.)** Und so machte er sich auf den Weg. Edwin hatte Glück, dem gemütlichen Nichtstun sollte nichts im Wege stehen! Im gesamten Kirchenraum war nur eine einzige Person, die auf ihren Segen wartete. Es war die neunzigjährige Alma, von dieser brauchte er keinen Ärger befürchten, die alte Dame kämpfte seit Jahren mit der Demenz.

Und so suchte er sich etwas abseits eine Kabine. Zuerst prüfte Edwin das Scharnier und kam dabei zu einem Entschluss.

„Gut, die Tür wackelt! Also werde ich von innen nachsehen, wie ich das Problem beheben kann!"

Eine tolle Ausrede! Edwin wollte nur eines, er wollte an diesem Ort seinen Alkoholkater der letzten Nacht auskurieren. Und bevor er sichs versah, streute ihm das Sandmännchen eine Brise Sand ins Auge, was dazu führte, dass er von der realen Welt ins Traumland überwechselte. Das ging eine ganze Weile gut! Aber dann, eine Stunde später sollte ein gnadenloser Terrorist den Tiefschlaf Edwins vorzeitig beenden. Jedoch beim näheren Hinsehen wurde aus diesem Störenfried ein wahrhaft göttliches Geschenk. Man möge es nicht für möglich halten, aber die wildeste Braut der Stadt saß im Halbdunkel dem Edwin gegenüber. Es war die Ronja, eine begnadete Stricherin. Jeder in der Stadt **(fast jeder! Eingeschüchterten Ehemännern aber war der Besuch jener Dame unter Androhung eines vorzeitigen Todes verboten)** durfte sich an ihrer überdimensionalen Oberweite erfreuen. Und für einen klitzekleinen Unkostenbeitrag (150 Euro die halbe Stunde) war dieser Schatz zu jeder zwischenmenschlichen Spielerei bereit.

Gegen Ronja und die von ihr praktizierten Kunst war selbst die weltweit bekannte Obernutte Josephine Mutzenbacher eine allerliebst gewordene Klosterschülerin. Und genau jene verruchte Dame hatte der Edwin in seiner Beichtkabine sitzen.

„Wow", dachte er sich, „für diese Tante lohnt es sich, den Schlaf zu unterbrechen. Ich bin wirklich gespannt, was die alles zum Beichten hat!"

„Was kann ich für dich tun, meine Tochter?", sprach Edwin, um nicht entlarvt zu werden, in einem Ton, der nur Pfarrern zu eigen ist.

„Herr Hochwürden", sprach die Unwissende, „ich bin hier, um zu beichten!"

„Dann, mein Kind, lass es mich hören, was dich bedrückt", antwortete der Pseudopfarrer.

„Ich habe mit fremden Männern unkeusche Sachen getrieben."

„Was genau hast du mit denen angestellt, du musst alles erzählen, verstehst du!"

„Heute hatte ich Sex mit sieben Männern!"

„Sieben! Mein Gott, du triebst mit allen Unzucht!"

„Ja! Warum nicht!"

Das war selbst für den hartgesottenen Edwin ein

Hammer.

„Kind", sprach er, „und wann arbeitest du?"

„Aber das ist meine Arbeit!", sprach Ronja etwas verschämt.

Um sich anzuregen, sprach Edwin scheinheilig: „Was ist dein Beruf?"

„Na ja, ich denke mal, ich mach Männer glücklich", antwortete das durchtriebene Luder.

„Hm, eigentlich sehe ich darin keine Sünde, mein Kind. Oder verheimlichst du mir weitere Untaten? Der liebe Gott in seiner Allmacht sieht alles, also sprich."

„Ja leider, das ist ja das Problem mit der Religion, dass unser Schöpfer alles weiß! Ja, ich gebe es zu, was sonst noch geschehen ist! Um neun Uhr morgens besuchte mich der erste Kunde. So ein achtzigjähriger Scheintoter, der noch schnell vor seinem Ableben eine schöne Frau (genau dies waren seine Worte) genießen wollte. Eigentlich war er sehr bescheiden, was sein Verlangen betrifft. Da er schon seit Jahren keine brauchbare Erektion bekam, beließ er es beim Betrachten meines Körpers. Ein leicht verdientes Geld! Nur an manchen Stellen langte er kräftig zu."

„Erzähl weiter", sagte Edwin.

„Ein anderer wollte sich auf Französisch mit mir unterhalten, und da ich in dieser Sprache jahrelange Erfahrung gesammelt habe, sagte ich zu."

„Wie?", fragte der Pfarrer alias Edwin.

„Na ich hab dem Burschen gehörig einen geblasen (Milieujargon). Mann, der hat vielleicht vor Geilheit gejault."

„Ich hab's geahnt", dachte sich Edwin. „Die Ronja ist ein verdorbenes Früchtchen! Aber gut aussehen tut sie trotzdem!"

Und die Dame beichtete sich in Rage.

„Später kamen gleich zwei daher und denen musste ich gleichzeitig einen von der Stange hobeln."

„Wie geht das Hobeln?", fragte Edwin.

„Ganz einfach", antwortete Ronja. „Dazu braucht eine Frau zwei gesunde Hände!"

„Wie konntest du nur!"

„Aber Herr Hochwürden", sprach Ronja zutiefst überrascht, „die Kerle haben für diesen Spaß bezahlt!"

Mittlerweile wurde es dem Edwin zu heiß in seiner Kabine, was auch der Ronja nicht entgangen ist.

„Herr Hochwürden, ist Ihnen nicht gut? Sie atmen so schwer!"

Mit nervöser Stimme sprach Edwin: „Ronja, mein Engel, es geht schon wieder. Los, sprich weiter!"

Und die fleißige Dame redete weiter.

„Dann kam noch der Bergthaler Sepp (Edwins Chef) auf ein Hupferl zu mir."

„Toll", dachte sich Edwin, „sogar mein Boss, der Sepp, besucht die Ronja. Und ich? Mich lässt der alte Weiberheld hier im Beichtstuhl um die Wette schwitzen."

Ronja erzählte dem Pfarrer!?!? all ihre begangenen Sünden. Es waren unzählige. Und Edwin hörte ihr dabei mehr als gespannt zu. Die Ronja redete und redete und Edwin erlaubte sich einen Spaß, indem er sich selbst einen Gefallen bot. Genau, Sie haben richtig gelesen, Edwin gönnte sich eine wohltuende Solonummer.

„Aber Herr Pfarrer", mahnte Ronja. „Was tun Sie da?"

„Mein Engel", sprach Edwin mit zittriger Stimme,

„nach was sieht das aus? Das, was du mir erzählt hast, hat mich ungemein angetörnt! Was sollte ich tun, mir aus Frust in den Finger beißen? So schlimm ist das nicht, nur du, ich und Gott wissen um die Sache Bescheid!"

„Na ja", sprach Ronja, „ich hab Verständnis, ihr dürft eben nicht. Dabei seid ihr auch nur Männer. Sagen Sie mir, wenn Sie fertig sind, damit wir das Beichten weiterführen können!"

Nachdem Edwin sich unter heftigem Stöhnen von seinen steifen Gliedern befreit hatte, war er bereit, sich den weiteren Sünden Ronjas zu widmen. Es kamen dabei allerhand unzüchtige Tatsachen zutage.

Edwin, der vermeintliche Pfarrer, witterte dabei ein gewinnbringendes Geschäft.

Nachdem er die Ronja jetzt wieder sündenfrei ins reale Leben entließ, fasste er einen weitreichenden Plan.

Nach diesem lehrreichen Gespräch mit der agilen Dame war ihm klar, dass man Ronjas Memoiren als Buch verkaufen könne. Und da Edwin seinen Beruf als Tischler mehr hasste als die Lungenschwindsucht, sattelte er beruflich um. Er wurde Autor für erotische Geschichten. Er fand auch sofort einen interessierten Verleger für sein Werk, der ihn umfangreich förderte. Mit der Leidenschaft eines Genies machte sich Edwin daran, einen erotischen Bestseller nach dem anderen zu veröffentlichen. Ein neuer aufstrebender Stern am Literaturhimmel war von nun an geboren. Und die Ronja und ihr ausuferndes Business lieferten ihm die nötige Inspiration zu jenem Entschluss.

Amen!

8 Das Rendezvous

Oder: Wie lange soll ein guter Lover auf seine Braut warten?

Wie schwer ist es für manchen, auf dem Schoß einer Frau zu landen, kann sich durchaus zu einer unlösbaren Mammutaufgabe entwickeln. Glaubt mit, für ganz bestimmte weltliche Zeitgenossen ist dieses Recht auf angenehme Fortpflanzung schwerer als schwer.

Und einen Lehrgang in irgendeiner Volkshochschule bezüglich des Problems der unfreiwilligen Keuschheit wird es in naher oder gar ferner Zukunft wohl nicht geben. Was das Zwischenmenschliche betrifft, muss jeder selbst seine eigenen Erfahrungen sammeln. Und wer es nicht zu Lebzeiten fertig bringt, einer Dame näherzukommen, der geht halt leer aus. Und damit „aus die Maus"!

In unsrer Clique haben wir einen, der alles versucht, um sich aus der unseligen Umklammerung der Jungfräulichkeit zu befreien. Erwin! In Sachen Erotik hat der Kerl das ewige Nachsehen. Egal welche Ratschläge wie ihm gaben, es war zwecklos. Eigentlich sah Erwin recht plausibel aus, mal abgesehen von der durchgehenden Stirnglatze, dem Bierbauch und seinen bis zum Himmel stinkenden Schweißfüßen.

„Erwin", sagten wir oft zu ihm, „tu was gegen deinen Artgeruch!"

Ein sinnloses Unterfangen! Auch wenn er im Parfüm badete, war keine Dame bereit, mit ihm eine Verabredung einzugehen. Jeder Kerl im Dorf konnte beweisen, dass er sich im Matratzensport bestens auskannte, nur der unglückselige Erwin musste sich in einsamen Nächten selbst befingern. Armer Kerl! Der ganze Verein hatte es mittlerweile aufgegeben, dass dieser Minusheld einmal nur zum Zuge kommt.

Doch wir alle sollten uns irren! Eines Abends kam Erwin freudestrahlend ins Klubheim.

„Jungs", sagte er zu uns, „ihr werdet es nicht glauben, aber ich habe eine Verabredung mit einer attraktiven Dame aus der Stadt."

„Wow", riefen wir im Chor, „jetzt aber musst du uns allen einen Becher Bier ausgeben! Aber erst mal erzähl uns von deiner Eroberung."

„Ihr wisst doch, dass es in München eine Zweigstelle unserer Firma gibt. Und dort muss ich zwei- bis dreimal im Monat antanzen. Und wie ich so durch die Werkhallen schlendere, kam sie mir schnurstracks entgegen."

„Wer?", fragten wir neugierig.

„Eine Blondine so hübsch wie ein Engel. Wegen einer Bestellung kamen wir ins Gespräch. Und nachdem ich wusste, dass dies meine zukünftige Braut werden wird, hab ich meinen gesamten Mut zusammengekratzt und sie um ein Rendezvous gefragt! Und wisst ihr, was mir die Dame geantwortet hat?"

„Mann", fragten wir gespannt, „lass dir doch nicht alles aus der Nase ziehen. Also, was hat sie zu dir gesagt?"

„Sie hat zu mir gesagt, dass sie zu gerne mit mir ausgehen möchte. Und am nächsten Freitag werden wir uns Punkt zwanzig Uhr im Nachbardorf treffen. Mann, ich bin ja so was von rollig!"

Das war der Auftakt zu einem feudalen Freudenfest! Jetzt ging die Party erst richtig los!

„Hurra", rief Erwin in die Menge.

„Freibier für alle!"
Wir feierten Erwins Erfolg bei den Damen bis weit nach Mitternacht.

Die Woche zog sich wegen der Vorfreude auf das Kommende endlos lange hin. Erwin zählte die Minuten, Stunden und Tage. Wäre es ihm nicht zu langweilig gewesen, hätte er auch noch die Sekunden gezählt. Doch dann, die Woche war um, es kam der langersehnte Freitag.

Am Tag vor seiner Verabredung hatte sich unser Erwin noch eilig einen neuen Anzug und schwarze Lackschuhe gekauft. Zum ersten Mal sah er richtig gut aus. Eines darf gesagt sein, mit diesem Outfit konnte er bei allen Damen und nicht nur bei der einen mächtigen Eindruck hinterlassen. Für Erwin steht fest:

„Jetzt kann das Abenteuer – zum ersten Mal eine Frau zu beglücken – losgehen!"

Mit einem bunten Blumenstrauß, belgischen Pralinen und einer edlen Flasche Champagner stand er am vereinbarten Treffpunkt. Es sollte niemanden verwundern, dass Erwin um zwei Stunden früher als erwartet am Zielort auf seine zuckersüße Flamme wartete. Es konnte durchaus sein, dass die Dame um fünf Minuten früher erscheint, und es wäre fatal, der holden Maid wegen Zuspätkommens einen Korb zu geben.

Brav, aber innerlich sehr erregt wartete Erwin darauf, dass ihm seine Eroberung von hinten auf seine Schultern klopft und sagt:

„Hallo, mein Guter, hier bin ich. Komm schon, lass uns schnell auf ein Zimmer gehen, damit wir die angenehme Sache beginnen können!"

Liebe Leser, ihr seht selbst, dass der Erwin in puncto Sex längst überfällig ist.

Eine Stunde nach der anderen verging. Erwin zählte – weil ihm langweilig wurde – sechzehn Bartträger, achtzehn Kahlköpfige und mindestens vierzig Schirmträger – weil es mittlerweile in Sturzbächen vom Himmel regnete –, die an ihm vorbeiliefen. Nur die eine – seine Zukünftige – ließ sich nicht blicken. Besorgt um sie dachte sich unser Galan:

„Was ist mit ihr passiert? Hatte sie vielleicht eine Autopanne? Mann, warum ruft sie mich nicht an, ich hab ihr doch extra meine Handynummer aufgeschrieben."

Nervös wie einer, der in der Todeszelle auf die baldige Hinrichtung wartet, schritt Erwin in strömendem Regen den Gehweg auf und ab. Um nicht den Rest des Abends im Freien zu verbringen, mietete er sich in einem Hotel gegenüber dem vereinbarten Treffpunkt ein. Eine Nacht und einen Tag schaute Erwin geduldig aus dem Hotelfenster in der Hoffnung, dass sein Liebchen doch noch den Weg zu ihm findet.

Mittlerweile waren die Blumen verwelkt, die Pralinen gefressen und die Champagnerflasche aus Frust leer getrunken. Und Erwins Lust auf Sex ist ihm vorerst vergangen!

„Super", dachte sich Erwin, „und was mach ich jetzt? Soll ich noch eine Nacht dranhängen?"

Wären seine Freunde bei ihm, hätten die zu ihm gesagt:

„Ach Erwin, du lernst es nie! Gib auf und geh nach Hause, die Tante kommt doch nicht mehr!"

9 Das erste Mal

Mal ehrlich, können Sie sich noch an Ihr erstes Mal erinnern? Ja? Ich auch! Bei mir war es mehr oder weniger ein sportliches Event, meine längst fällige Verabschiedung vom Jungfrauenstatus geschah in der Turnhalle unserer Schule. Ich war gerade mal fünfzehn Jahre und meine damalige Freundin Martha für ganze zwei Tage war sechzehn. Unser Fummelmarathon mit anschließendem Erstes-Mal-Sex sollte auf einer der vielen umherliegenden Gymnastikmatten stattfinden. Sportlich eben! Unser romantischer Ausflug in die Welt der Erotik dauerte sage und schreibe ganze zwei Minuten, was beim ersten Mal als sehr lange Zeit gelten kann. Anschließend, nachdem wir alles hinter uns gebracht hatten, nagten wir beide an Marthas Pausenbrot. Um ehrlich zu sein, war das darauffolgende Nachspiel (Salamibrot mit süßsauren Cocktailgürkchen) um vieles interessanter als das schweißtreibende Geschiebe auf der Gymnastikmatte. Ach ja, damals! Heute gehe ich die Sache mit mehr Elan und Lust an. Heute würde ich sogar auf mehrere Tage Essen statt auf Sex verzichten.

Und was macht mein einstiger Schatz Martha? Dieser Sonnenschein heiratete gleich nach dem Schulabgang einen Metzgermeister und bekam zu ihrer Freude zwei stramme Kinder (mit mir war das nicht möglich, denn seit meiner eigenen Geburt hege ich eine Allergie gegen schreiwütige Babys). Und mit der Zeit wuchs Marthas Appetit auf alles, was aus Wurst und Fleisch bestand. Dadurch legte sie sich gerade mal zwanzig Kilo Hüftgold zu, was sicher als Qualitätszeugnis für den Beruf ihres Gatten zu bewerten war.

Und wie war es bei Ihnen, das erste Mal? War es genauso wie bei einem Freund von mir, der seine Unschuld in einem verruchten Hurenhaus verlor. Soll ich davon erzählen? Ja? Okay! Dann reden wir über den flotten Harry. Unser Harry, der ewig rostige Kerl, ist geiler als eine ganze Karnickelpopulation. Schon als Schüler rannte er den Mädels hinterher, was oft dazu führte, dass er wegen Belästigung mit aufgesetzter Eselsmütze im Klassenzimmereck stehen musste. Erst beim Verlassen der Pubertät war es ihm vergönnt, nicht nur den Mädlröcken hinterherzurennen, nein, er durfte sogar sein Augenlicht auf das werfen, was unter den Damenröcken zu sehen war. Doch sollte seine fiebrige Neugier einen ganzen Wochenlohn kosten. Viel? Nee, so viel kostet es nun mal, wenn ein angespitzter Don Juan zuweilen glaubt, dass ihn an einem solchen Ort die Liebe mit beiden Armen umarmt. Und gleich beim ersten Bums bekam Harry von seiner Teilzeitliebsten ein Souvenir mit auf den Nachhauseweg. Souvenir? Ja! Der Harry schaffte es beim Pinkeln wie ein Duschkopf in alle Richtungen zu schiffen. Diese nette Erinnerung an zwei Stunden Spaß konnte nur ein Arzt mit Zuhilfenahme eines Medikaments, das sich Penizillin nannte, von Harrys tropfendem Wasserschlauch entfernen. In seinen jungen Jahren ließ er es derart krachen, dass er sich immer noch wundert, jene Orgien überlebt zu haben. Aber mit den Jahren wird man ruhiger. Heute lässt er es gemächlicher angehen. Kein Wunder! Denn ein Besuch im Puff würde einem Todesurteil gleichkommen. Seine Gattin Olga, die immer dann einen heftigen Migräneschub erleidet, wenn ihr Harry sexuelle Andeutungen macht, erzieht den Harry durch Drohung und Dauerschmerz zur dauerhaften Enthaltsamkeit. Und da ihr liebster Gatte zwölf Monate im Jahr nur an diese eine Sache dachte, erfreute sie sich das ganze Jahr hindurch an jenem Schmerz. Damit gab sie ihrem Schwerenöter zu verstehen, dass er ein widerlicher Erotomane sei. Und so begnügt er sich darauf, dass sich ein gestandenes Mannsbild bei Bedarf selbst eine Freude gönnen darf. Nichts erinnert an den ehemaligen Draufgänger! Mancher seiner früheren Freunde wird sich insgeheim denken, dass der Harry an der Altersschwäche leidet. Meine Herren, das stimmt so nicht! Der Harry könnte immer noch, er darf nur nicht mehr.

Anders erging es Franzi!

Dieses Frauchen war das schönste Girl unserer Schule. Jeder von uns startete einen Vorstoß, und jeder bekam anstatt erotischer Küsse ein paar ungesunde Haue aufs Maul. Niemand war es vergönnt, sie zu knacken, und nachdem wir alle eine undamenhafte Belehrung erhalten hatten, war uns allen klar:

„Die Franzi kämpft mit allen Mitteln, um ihre Reinheit zu bewahren! Was für eine niederschmetternde Ungerechtigkeit."

Diese Dame bevorzugte das Leben in völliger Harmonie und Abgeschiedenheit, vor allem aber frei von allen Sünden. Franzi ging noch am selben Tag, nachdem sie ihre Lehre als Krankenschwester beendet hatte, ins Kloster. Seitdem nennt sie sich Schwester Franziska!

Von dieser Braut Gottes konnten wir uns nichts mehr erwarten, die strebt die Heiligkeit an. Was nicht zu verwundern war, bei dieser Auswahl an unbrauchbaren Männern, die unser Dorf beheimatete! Jeder von uns – egal ob nun Mann oder Frau kriegte, im Laufe der Zeit sein Fett ab. Doch einen von uns erwischte es mit voller Wucht! Berti! Dieser Held musste fast sein gesamtes Leben darauf warten, um an den Luxus zu gelangen, mit einer Frau das Bett zu teilen. Der Berti war das Sorgenkind in unserem Dorf. Wen sollte es wundern, dass er sexuell leer ausging, Berti hatte ein Gesicht, das sich bestens für die Karriere als Hauptdarsteller in einer Geisterbahn eignen würde. Von seiner fülligen Figur, hervorgerufen durch Unmengen an Schweinebraten und sonstigen Leckereien, will ich mich gar nicht näher äußern. Nur eines sei gesagt, der Kerl war so fett, dass sich alles um ihn herum verdunkelte, wenn er den Raum betrat. Wie oft redeten wir wohlwollend auf ihn ein.

„Berti, friss halt nicht gar so viel, und versuch es mal mit Wasser und Seife!"

Sinnlos! Unser Freund besitzt zu seiner unförmigen Figur auch noch einen stahlharten Dickkopf. Wer so stur seine Untugenden verteidigt, der bleibt meist ungevögelt. Nach Hunderten erfolglosen Versuchen, sich dem Vermehrungstrieb zu stellen, gab Berti frustriert auf. Und sein Betätigungsfeld verlagerte sich in die Richtung der zügellosen Nahrungsaufnahme.

„Eigentlich", dachte er sich, „ist Essen um vieles interessanter als schnöder Sex. Und der Verzehr eines Wiener Schnitzels dauert eh länger und macht außerdem viel mehr Spaß. Das, was dabei einem so guttut, kann man bestens an den Hüften als überflüssige Kilos erkennen."

Berti hatte recht, sein Körper geformt von der

Kochkunst seiner Mutter erinnert an einen überdimensionalen Fußball. Nur was sein Liebesleben betrifft, musste er, um zum Zuge zu gelangen, bis ins hohe Alter warten.

Wo sollte ein seniler Greis, der mehr auf die Waage brachte als ein ausgewachsenes Nilpferd, sein erstes Mal starten? Sein erstes und zugleich letztes Mal sollte für Berti im Seniorenstift „Hort der Glückseligkeit" stattfinden. Ein Altersheim also! Eine der Bewohnerinnen – eine richtig aufgeweckte Göre von gerade mal achtzig Jahren – wollte es kurz vor ihrem Ableben noch einmal ganz genau wissen. Aber da der Rest der Mannschaft wegen zunehmend fortschreitender Demenz alles, was mit Sex zu tun hatte, seit mehreren Jahrzehnten vergessen hatte, wandte sich Julia M. an den unberührten Berti. Sie musste ihr Opfer nur noch von Essen fernhalten, dann könnte es klappen. Und eine Dame, der nicht mehr viel Zeit zur Verfügung bleibt, muss Kreativität beweisen. Zwischen dem Frühstück und dem Mittagsmahl hatte Julia den Berti mit einer Schüssel selbstgebackener Schokoplätzchen so weit, mit ihr auf das Zimmer zu gehen. Um dort zu …! Ach, lassen wir das, ihr wisst doch selber, was dort mit Berti geschieht. Zum ersten Mal wurde er von einer Dame an Stellen berührt, die unsere Kirchenväter als absolute Tabuzone bezeichnen. Eigentlich war das, was ihm an Zärtlichkeit zuteilwurde, keineswegs unangenehm, und er pochte auf Wiederholung. Pech für Berti! Eine weitere Nummer mit der smarten Julia konnte er sich in die Haare schmieren. Wieso? So eine Altersromanze ist doch was Positives möchte man meinen! Ja, das wäre es beileibe! Aber was tut einer, den man einen Rivalen vor die

Nase setzt, der mit seiner Charmeattacke allen Damen im Seniorenheim den Kopf verdreht? Onanie! **(Eine heilende Berührung, die zum Abbau überschüssiger Körperkraft führen kann.)**
Und wie ist es mir ergangen? Ich erlebte als ewiger Junggeselle kein einziges Tabu. Alles, was nach drei immer noch nicht auf dem Baum war, wurde von mir mit vollem Eifer bezirzt, und die, die es doch noch schafften, die Bäume zu erklimmen, wurden von mir aus den Baumwipfeln geschüttelt. Wie, ich soll mich dafür schämen? Gerne! Aber erst dann, wenn meine Libido nachzulassen beginnt!
Was macht mein ehemaliger Schatz Martha? Der Wonneproppen feierte letzte Woche silberne Hochzeit. Bei diesem Fest waren ihre beiden Kinder und Enkelkinder anwesend. Vom Hörensagen erfuhr ich, dass mein ehemaliger Schatz mindestens dreißig Kilo Gewicht zugelegt hatte. Na ja, sie ist halt eine ausgezeichnete Köchin, und ihr Gatte, der Metzgermeister, lieferte alles, was eine glückliche Hausfrau zu einem leckeren Braten benötigte.
Und der ewig geile Harry? Der beließ es aus purer Liebe und noch mehr Angst zu seiner Olga nur noch beim Betrachten schöner Frauen. Nur manchmal spielten seine Hormone verrückt, was dazu führte, dass er Bekanntschaft mit der Faust seiner Frau Gemahlin machte. Dann lief er mit einem oder gar zwei blauen Augen umher. Das Azurblau unter seinen Augenlidern machte ihn – fand ich – sehr attraktiv!
Und Franzi alias Schwester Franziska?
Schwester Franziska wurde dank ihres festen Glaubens die Leiterin des Klosterordens. Wahrscheinlich liegt im Schubfach des päpstlichen Schreibtisches

ein Dokument, das die Franzi ...! Halt, ich muss mich entschuldigen, ich wollte Schwester Franziska sagen! Und darauf steht, dass diese ehrwürdige Dame des Glaubens in naher Zukunft heiliggesprochen werden wird. Ein Ehrenplatz auf einer kuscheligen Kumuluswolke gleich neben dem Appartement des lieben Gottes war nur für sie reserviert. Mit einer Ehrenaufgabe war Schwester Franziska für das Läuten der himmlischen Kantinenglocke verantwortlich. Damit die Herren Heiligen wussten, wann es Zeit war, um das Essen zu fassen.

Sogar unser verfressener Berti, das geborene Sorgenkind, bekam noch was ab. Wenn auch etwas spät.

Es bleibt nur noch einer übrig, unser Klassenlehrer Röhrlich. Doch als stadtbekannter Promi-Lehrer gönnte der sich lieber den einen oder anderen Drink, daher das vielsagende Wörtchen Promi. Von gelebter Erotik war dieser Choleriker weiter als die Sonne zur Erde entfernt. Selbst der Berti mit seinem einzigen Mal konnte mit mehr Erfahrung in Sachen Erotik aufwarten als jener Herr. Lehrer Röhrlich war durch intensive Alkoholeinwirkung meist von schönen Damen umgeben. Aber vielleicht sah er nur 'ne damenhafte Fata Morgana. Jedes von diesen Trugbildern sah er mindestens dreifach, wenn nicht gar vierfach. Doch meist war es seine bösartige Tante Alma, an die sich seine Augen hefteten. Dieser Sonnenschein übernahm die Finanzen des Lehrers und außerdem die Rolle seiner zu früh verstorbenen Mutter. Und wehe, er zettelte eine Rebellion an! Dann gab es schon zum Frühstück statt Marmeladenbrötchen unangenehme Ohrfeigen.

„Herr Röhrlich, schön für Sie. Das ist die Rache dafür, dass Sie mich mehrmals die Woche mit Strafarbeiten belegt hatten!"

10 Bitte, bitte, jetzt nur nicht aufwachen

Ostersonntag! Und ich bin bei Freunden zum Essen eingeladen. An einem Familientag?

Ja! Meine Freunde wissen genau, dass ich als ewiger Single stets Hunger habe. Ich kenne nur zu gut deren Kühlschrank, und dieses Teil ist stets bis zum Anschlag mit allerlei Leckereien befüllt. Und da ich wenn möglich an solchen Feiertagen keinen Hamburger und Co. in mich reinstopfen möchte, komme ich dieser Einladung gerne nach.

Um Eindruck zu erlangen, zwängte ich mich in meinen besten Anzug. Mit einer edlen Flasche Rotwein – zwei Liter für 1,99 Euro – für den Herrn, und für die Dame des Hauses klemmte ich mir eine Pralinenschachtel aus dem Jahr 1999 unter den Arm – denn auch die sollte von mir reich beschenkt werden.

„Nur so“, dachte ich mir, „wird das Fest ein Erfolg werden!“

Laut meines Gastgebers sollten an die zwölf Personen an dieser Feier teilhaben.

„Toll“, dachte ich mir, „da wird so manche vernachlässigte Dame anwesend sein!“

Freund Fritz versprach mir:

„Robert, die meisten Gäste sind dir eh bekannt, wenn doch ein Fremder unter ihnen sei, lernst du ihn sicher schnell kennen.“

Doch der Lump sagte mir nicht die gesamte Wahrheit! Aber darauf kommen wir später!

Ich sah wohlwollend in den Spiegel und dachte mir:

„Toll, toll, wirklich toll!“

Bis jetzt verlief meine Vorfreude in noch geordneten Bahnen. Beschwingt wie ein verliebter Teenager, tänzelte ich vergnügt zu jenem Gourmetfest. Aus vergangenen Einladungen wusste ich, dass man mich mit den schmackhaftesten Leckereien verwöhnen würde.

Am Ziel angekommen fielen mir mein Freund Fritz und seine Gattin Margot um den Hals.

(Was so eine Flasche Wein und eine Schachtel Pralinen nicht alles bewirken!)

Wow, so ein Willkommensgruß gleich zu Beginn tut gut!

„Komm schon", sprach Fritz zu mir, „die anderen sind schon anwesend."

Ich trat ein in die gute Stube. Und tatsächlich war die Hütte zum Bersten voll. Wie es sich gehört, begrüßte ich jeden im Raum per freundlichen Händedruck. Bei meinen Begrüßungen entging mir das letzte Pärchen am Ende des Tisches. Dabei wäre es für meine Gesundheit sehr vorteilhaft gewesen, diese beiden gleich zu Beginn zu erspähen. Wieso?

Ab jetzt bin ich allen eine Erklärung schuldig!

Das besagte Paar, das ich viel zu spät bemerkte, ließ mich unruhig, ja sogar panisch werden, denn die Dame kannte ich aus früherer Zeit.

„Shit", dachte ich mir um meine Gesundheit besorgt, „die Sandra!"

Es war eine Exfreundin von mir. Beim näheren Hinsehen musste ich zu meinem Erstaunen feststellen, dass diese Amazone richtig pfundig aussah.

Und jetzt frag ich euch!

Was sagt man zu einer Dame, die mindestens zehn oder gar zwanzig Kilo zugelegt hatte? Man könnte fragen, ob sie schwanger sei! Gut! Und wenn die Angesprochene auch noch verzückt lächelt, kann man getrost davon ausgehen, dass sie in Kürze ein

Baby erwartet. Greift sie aber nach der Weinflasche oder nach einem Porzellanteller, dann sollte jeder, der noch Gelegenheit findet, eiligst sicheres Terrain aufsuchen. Glaubt mir, keine Frau hört es gerne von einem Verflossenen, dass sie die Figur eines schwergewichtigen japanischen Ringers besitzt. Ich stehe zwischen Frage und tödlich ausgehender Antwort.

„Ach was", dachte ich mir, „ich …!? Äh, was ist das?"

Ohne vorherige Warnung gingen im Raum sämtliche Lichter aus. Was mich dabei wunderte, war, dass keiner der Gäste ein Wort darüber verlor. Die werden doch nicht schon nach Hause gegangen sein?

„Fritz, Margot!", rief ich verzweifelt.

Keine Antwort! So eine Finsternis habe ich noch nie erlebt. Mit den Händen tastete ich mich an der Wand entlang. Überall nur dunkelschwarzes Schwarz.

Aber was war das? Ich sah einen sich bewegenden Lichtpunkt. Das dürfte der Ausgang aus diesem Höllenloch sein. Doch egal wie ich mich diesem Licht näherte, er entfernte sich immer mehr von seinem eigentlichen Standort.

„Scheiße", rief ich, „das Ding will mich wohl zum Narren halten!"

Wie aus dem Nichts erleuchteten zwei unbekannte Objekte meine Augen. Glühwürmchen! Es waren zwei Glühwürmchen, die sich direkt auf das Licht zubewegten. Ich musste nur noch den netten Flattermännern folgen. Ich kam der Lichtquelle immer näher und bemerkte, dass es sich dabei um eine beleuchtete Tür handelte. Unsicher sagte ich zu mir:

65

„Hm, was wird mich da drinnen erwarten?"

Unsicher drückte ich langsam die Türklinke nach unten und öffnete noch langsamer, um zu sehen, wo ich eigentlich war. Mann, ich bekam beim Anblick, was sich da vor mir aufbaute, riesige Glotzaugen. Dabei zwickte ich mich – weil ich glaubte zu schlafen – in den Arm. Es fühlte sich schmerzhaft an, also war es real.

Vor mir breitete sich eine liebliche Landschaft aus. Es war einfach geil hier.

Überall flogen bunte Schmetterlinge und auf jedem saßen schillernde Paradiesvögel aller Art und zwitscherten ihr schönstes Liebeslied.

Als ich von zu Hause wegging, um zu meinen Freunden zu kommen, regnete es so arg, dass man leicht glauben konnte immer noch in der Dusche zu stehen. Aber an diesem Ort schien die Sonne heller als an einem Sommertag. Und die an meine Nasenwand dringenden Düfte erst. Hier duftete es nach Zimt und Anis. Es erinnerte mich an Weihnachten. Im Geiste sah ich mich als kleiner Bub vor dem Weihnachtsmann stehen. Und der stand frisch rasiert und in kurzen Shorts und einem farbenfrohen Hawaiihemd – weil ja sehr warm – vor mir und überreichte ein verdächtiges Paket, das nach einem Geschenk aussah. Darin befanden sich mehrere Joints und Streichhölzer.

„Hui", dachte ich mir, „ein Paket vom Weihnachtsmann höchstpersönlich, wer hat das schon."

Hier sprang einem die Schönheit mit voller Wucht ins Gesicht. Dieser Zaubergarten mit all seinen Attraktionen konnte unmöglich von der uns bekannten Welt sein, wenn doch, dann war es sicher unbekanntes Terrain. Mit weit aufgerissenen Augen und einem Schritt, der an einen Marathonläufer erinnerte, lief ich umher. Ich wollte all das Schöne und Aufregende in seiner ganzen Allmacht in mich aufsaugen. Es begann zu schneien. Es schneite?

Jawohl, ich sagte schneien!

Nur handelte es sich nicht um gemeinen Schnee, nein, es fielen Abermillionen wohlduftende Blumenblüten vom strahlend blauen Himmel. Ein wahres Blüteninferno.

Beim Umhersuchen kam ich an einem kleinen Bächlein vorbei. Und als passionierter Angler musste ich in diesem Gewässer nach Forellen Ausschau halten.

Ohne darauf gefasst zu sein, entdeckte ich am gegenüberliegenden Bachufer ein kleines Männchen. Und dieser lustig dreinblickende Troll tauchte seinen Zeigefinger in das gemütlich dahinfließende Gewässer und leckte ihn ab.

Der bärtige Wicht gab mir zu verstehen, es ihm gleichzutun. Und tatsächlich, der kleine Kerl meinte es gut mit mir. Denn statt ordinärem Wasser beherbergte der Bach zu meiner Freude den edelsten Prosecco. Wie konnte ich da anders, als mich von den Klamotten zu befreien und in den leckeren Bach zu hüpfen. Eine Beachparty der besonderen Art. Eine komplett neue Erfahrung für mich. Nicht außen, sondern auch innen sollte mein Körper mit dem berauschenden Badewasser in Berührung kommen. Hätte mich das Männchen nicht aufgefordert weiterzuwandern, wäre der Bach versiegt und meine gestresste Leber würde am Krückstock gehen.

Auf meinem weiteren Weg wurde ich von netten Zeitgenossen begleitet. Über mir flatterten Spatzen im schillerndsten Farbenspiel. Pink, blau, rot und grün in allen Schattierungen. Ich konnte gar nicht anders als nach oben sehen, ich verfolgte die muntere Spatzenbande mit staunenden Augen. Ohne mir der Gefahr bewusst zu sein, in der ich mich befand, rannte ich direkt auf einen riesigen Apfelbaum zu. Und mein Kopf sollte die Bekanntschaft mit hartem Holz machen. Jetzt werden manche denken, dass ich dadurch von überreifen Äpfeln begraben wurde. Nicht ganz so! Begraben wurde ich, aber nicht mit Äpfeln. Wie durch ein Wunder regnete es Tausende und Abertausende Mon Chéri – das sind die Pralinen mit der süßen Kirsche darin – auf mich herab. Ehrlich gesagt, ein leckeres Begräbnis konnte ich mir beim besten Willen nicht vorstellen. Das brachte meinen Diätplan gehörig durcheinander.

Hätte ich nur eine Praline mehr genossen, wäre der Reißverschluss meiner Hose mir um die Ohren gedüst. Schlimm? I wo! Es wäre aufgrund des von mir erlebten Ereignisses als äußerst positiv zu bewerten. Nur einen Wermutstropfen gab es im Garten Eden. Welchen? Mein Magen und die Leber hatten ihren Spaß, aber was war mit mir? Wo waren die Frauen? So ein Junggeselle will nicht nur essen und trinken, nein, er braucht auch was für die Seele. Welche Seele?

Mann, stellt euch nicht dümmer an als nötig! Mit jener positiven Seelenkost meine ich, dass ich einer attraktiven Dame meine Aufwartung machen möchte. Mit anderen Worten! Ich will schmusen und mehr. Was hilft mir ein Mon Chéri! Selbst Adam aus dem Paradies hatte zu seiner Unterhaltung die sündige Eva.

Als ich dies dem kleinen Troll erzählte, sah der mich mitleidig an. An den Falten im Gesicht konnte man erkennen, dass er verzweifelt versuchte nach-zudenken. Und nach einiger Zeit des „Insichkeh-rens" gab er mir zu verstehen, dass wir erneut den Bach mit seinem Prosecco aufsuchen sollen.

„Hey", sagte ich zu ihm, „für heute hab ich genug gesoffen. Das Einzige, was mir fehlt, ist eine Frau! Verstehst du mich? Ich sagte Frau und nicht etwa Prosecco!"

Da drückte mir der Kerl tatsächlich ein Foto in die Hand, worauf seine Gattin, Freundin oder seine Ge-liebte zu sehen war. Eigentlich war die Dame darauf das, was man eine Schönheit bezeichnen konnte, aber …

„Toll, wirklich toll", sagte ich zornig zu ihm, „deine Freundin sieht ja toll aus, aber sie geht mir gerade mal bis zu den Knien. Was soll ich mit der? Hast du nicht was Größeres?"

Hatte er nicht! Ich ließ den kleinen Mann stehen und wanderte weiter. Dabei begann ich Selbstge-spräche zu führen. **(Das tun zuweilen alle Allein-stehenden!)**

„Irgendwo in diesem Paradiesgarten", sagte ich mir, „muss es doch was zum Knutschen geben."

Langsam fing es im Paradies an langweilig zu wer-den! Was soll ich mit bunten Vögeln oder Prosecco, wenn es mich nach horizontaler Liebelei dürstet.

Doch dann! Da war was! Was? Aus einem Wald stieg Rauch auf.

„Na und!", werden manche denken. „Der kleine Troll von vorhin wird sich wohl einen Joint ange-zündet haben."

Es war kein gewöhnlicher Rauch, für solchen sah er zu sehr pink aus. Ein pinkfarbener Rauch? Ja! Mei-nes Wissens produziert kein noch so gutes Haschisch jene Farbenpracht. Das kann nur Gutes bedeuten!

Und ich sollte mit dieser Aussage recht behalten! Beim Durchwandern des Wäldchens sah ich allerlei interessante Individuen. Einen Fuchs, der am Lagerfeuer mit einer aufgetakelten Gans turtelte. Die zwei – das darf gerne behauptet werden – beherrschten die Völkerverständigung. Denen war es egal, aus welcher Gattung der jeweilige Partner herkam. Und so eine Gans will auch mal geliebt statt immer nur aufgefressen werden.

Den beiden beim Liebesspiel zuzusehen machte richtig was her. Glaubt mir, der Fuchs machte eine hervorragende Figur bei seiner ehrenhaften Aufgabe. Im Umkreis von zwanzig Metern flogen unzählige Gänsefedern wild umher.

„Respekt!", dachte ich mir, ohne die beiden bei ihrem Tun zu stören.

Wie auf jedem FKK-Strand üblich, gab es auch im Garten Eden Typen, die hinter einer dichten Hecke lauern und den Liebenden beim Spielen zugucken.

Ein angespitzter Dachs mit einer leuchtend roten Zipfelmütze lugte hinter einem Busch hervor und gönnte sich dabei einen selbst herbeigeführten Orgasmus.

„Okay!", dachte ich mir. „Ein Fuchs, der eine Gans vögelt, und ein Dachs, der sich mit vollem Eifer einen runterholt! So weit, so gut! Aber was bleibt mir? Sollte ich es dem frivolen Dachs gleichtun und mich ebenfalls selbst bedienen?"

„Hallo!"

„Was war das?", dachte ich mir. „Da hörte ich doch ein leises Hallo!"

„Hallo", hörte man es von Neuem, doch diesmal mit

mehr Pfiff, „dreh dich doch bitte mal um!"
Und tatsächlich sah ich, als ich mich um die eigene
Achse drehte, den Grund für jenes Hallo. Vor mir
standen sechs Frauen, ach, was rede ich dummes
Zeug, ich sollte gut aussehende Engel zu jenen Tanten sagen. Jede war für sich eine wahrhaftige
Schönheit. Ihr bis zu den Arschbacken reichendes
Engelshaar hatten alle Farbnuancen, die man sich
bei jungen attraktiven Frauen wünschen würde.
Herrliches Blond, natürliches Brünett, aufreizendes
Rot und zuletzt das sündige Schwarz. Was ich sah,
sollte meine Augen in glänzendem Licht erstrahlen
lassen. Doch das Tollste daran war, dass mich jede
einzelne Dame wie eine leckere Sahnetorte anhim-
melte. **(Kein Wunder! Ich sehe nun mal aus, als
sei ich gerade von einem Laufsteg entsprungen.)**
Die Hübscheste von allen trat an mich heran, nahm
mich bei der Hand und führte mich zu den anderen
Mädels. Dort wurde ich jeder vorgestellt. Die, die
mich per Hand zu ihren Freundinnen führte, hieß
Heidi, die blonde Heidi! Dann kamen die brünette
Susanne sowie Lydia, die rote Jasmin und die beiden schwarzhaarigen Zwillingsschwestern Anja und
Tanja. Zum Einstand kriegte ich von jeder einzelnen
Dame ein nettes Bussi auf die Wange. Eigentlich
wollte ich mehr, aber mit der Zeit wird es sich zeigen, auf welcher Brust ich landen darf. Ich saß zwischen sechs der schönsten Damen und war dabei der
glücklichste Kerl auf Erden.
Die brünette Lydia servierte mir einen Cocktail aus
Wodka und sämtlichen Früchten. Mann, das Zeug
lief, lief und lief vielleicht die Kehle runter. Einer
reichte mir nicht und so musste Lydia dreimal hin
und her rennen, um mich mit diesem teuflisch le-

ckeren Gesöff zu versorgen. Meine Zunge wurde durch den eingeflößten Alkohol zusehends lockerer. Ich begann hemmungslos mit den Damen zu flirten. Und die Damen? Die bestärkten mich bei meinen Annäherungsversuchen.

Die kesse Lydia nahm auf meinem Schoß Platz und begann mir liebevoll die Haare durcheinanderzuraufen. Die Zwillingsschwestern Anja und Tanja bereiteten mir eine weitere Freude, indem sie einen schweinischen Strip aufs Parkett legten. Noch nie hatte ich derart angespannte Augen, kein Wunder, wo mir das Glück in siebenfacher Ausfertigung zur Verfügung stand.

Warum sieben, es sind doch nur sechs Damen?

Auch ein Teil von mir sollte ebenfalls zur Verfügung stehen.

„Mädels", rief ich erregt, „kommt und lasst uns allesamt schweinische Fummelspiele treiben!"

„Hurra!", riefen die Damen. „Lasst uns sofort damit beginnen!"

Von einer Sekunde zur nächsten waren wir alle splitterfasernackt und bereit das zu tun, was die Kirchen als eine der schwersten Sünden überhaupt bezeichnen.

Sieben Personen in einem frivolen Ringkampf vereint. Wir lieferten uns eine Rubbelparty vom Feinsten. So ein Erlebnis kann nicht mal der Leadsänger der legendären Stones – obwohl der mehr Frauen als warme Mahlzeiten genossen hatte – vorweisen. Meine Handflächen begannen zu glühen, zu sehr waren diese damit beschäftigt, an allen Körperstellen jener heißblütigen Damen andocken zu können. Und die wiederum konnten es nicht lassen, mich mit aller Raffinesse zu verwöhnen.

Die Lydia sollte als Erste meine Kunst des Liebens genießen. Das Schönste, was Mann und Frau erleben dürfen, sollte nun seinen Anfang nehmen. Wir beide verschmolzen regelrecht ineinander. Wir ackerten wie die Wilden und die bunten Paradiesvögel auf den Bäumen zwitscherten uns das Lied „Amore Mio".

Von der Lust getrieben konnte man das eine oder andere Ohhhh und Ahhhh hören. Anfangs noch leise und gesittet, später – also kurz vorm Zieleinlauf – schrien wir so arg, dass die Blätter von den Bäumen flatterten. Mit Sehnsucht fieberte ich dem Finale entgegen.

Was nicht heißen soll, dass mir Erfolg beschieden sei. Genau im schönsten Augenblick, wo die Munition meine zum Abschuss bereite Pistole verlassen wollte, erlebte ich das, was jeden Popper in die Depression treibt. Was kann das schönste Spiel jäh unterbrechen?

Wie aus dem Nichts hörte ich Stimmen.

„Mann, den armen Kerl haben sie ja schön zugerichtet!"

Und mit diesen Worten sah ich, wie sich zwei in Weiß gekleidete Herren über mich beugten. Es waren ein Arzt und ein Krankenpfleger. Diese zwei Herren prophezeiten, dass sie mich mit mehreren Stichen am Kopf genäht hatten.

Von wegen Sex mit der geilen Lydia! Ha, es war alles nur geträumt. Und was das Kopfnähen betrifft, vermute ich schwer, dass ich meine Ex, die Sandra, doch noch gefragt hatte, in welchem Schwangerschaftsmonat sie denn sei.

Und diese humorlose Tucke hatte nichts Besseres zu tun, als mir das Licht auszuknipsen.

11 Amore im Hasenstall

Endlich! Es weht die Frühlingsluft durch unser Land. Und überall beginnt das Leben von Neuem Samba zu tanzen. An jeder Ecke unseres wunderschönen Landes wird auf Teufel komm raus gebalzt, geliebt und noch viel mehr geflirtet. Unser Schöpfer hatte jedes Jahr seine wahre Freude an jenem verliebten Spektakel. Und das ist auch gut so! Denn durch dieses Treiben konnte jeder erkennen, wie sich die neue ungeborene Generation auf ihre bevorstehende Geburt vorbereitet. Gott erwartet von uns allen, dass wir die frivole Jahreszeit dazu nutzen, um Millionen neue Erdenbürger zu zeugen. Und alle, die zur Liebe fähig sind, sind mit Leib und Hirn bei der Sache. Meine Herrschaften, es ist unsere Pflicht, an diesem Spektakel teilzuhaben. Für den Rest des Jahres gilt das gemütliche Nichtstun.

Der Frühling aber mit seinem Zauber ist dazu da, dem geliebten Partner liebevoll in die Augen zu schauen und nebenbei seine vom Winterfell befreiten Tabuzonen zu erkunden.

So wie zum Beispiel der angespitzte Mäuserich. Der sich aufopfernde Galan besucht noch schnell seine Angetraute, bevor ihm von einer hungrigen Katze zu einem Heldenstatus verholfen wird.

Und die in bester Hoffnung lebende Feldmausdame darf sich Wochen später an einem süßen Wurf von neun oder zehn kleinen Mäuschen erfreuen. Das ist Liebe! Der Alte entzieht sich der Verantwortung und seine Braut hat die Bälger am Hals.

„Toll!", denken sich Millionen von Katzen und schärfen ihre Krallen.

Selbst der sonst so stachelige Igel legt in dieser Jahreszeit seine Stacheln behutsam zur Seite, wenn ihm eine appetitliche Igeldame den Weg kreuzt. Für die nächsten Tage kommt nur ein einziger Stachel zum Einsatz. Vorausgesetzt, er überlebt das Überqueren der Landstraße zu seinem Schatz.

Und im Wasser? Auch da geht in Sachen tierische Erotik die Post ab. Der stets so besonnene Karpfen im Teich unterbricht seine Ruhe und stellt freudestrahlend seine Schuppen auf, wenn Frau Karpfen zum darauffolgenden Liebesspiel ruft. So manch übereifriger Schuppenträger verlor dabei seinen Verstand. Der unvorsichtige Narr lutschte – getrieben von seiner angestauten Libido – an einem Regenwurm herum, der sehr verdächtig an einem Haken hing. Und bevor der sich umsah, landete er als leckeres Fischfilet in menschlicher Obhut. Überall in den Weiten der Natur hörte man das Lied der Liebe. Die Vögel trällern andächtig um die Wette, die Grillen zirpen den ganzen Tag hindurch ihre Erfolg versprechenden Balzlieder. Es piepsen die sich liebenden Mäuse, bevor es ans Kindermachen geht. Und so manches Vogelpaar treibt es so arg, dass es jeden Naturfreund mit Anstand die Schamesröte ins Gesicht treibt. In Wald, Wiese, Feld und sonstiger Umgebung treiben es die Akteure heftiger als in einem verkommenen Eroscenter.

Und bei genauerem Hinhören ließ sich des Öfteren das verdächtige Geräusch eines klemmenden Reißverschlusses ausmachen. Was dazu führte, dass der Ort, an dem die Verliebten zur flotten Vögelei eintrafen, über und über mit beschmutzten Kondomen und leeren Viagrapackungen übersät war. Menschen! Ein schmutzendes Volk.

Aber was geht in unseren liebsten Tieren vor, die in

unmittelbarer Nähe zu uns Menschen leben? Auch unsere Haustiere – wenn sie nicht von einem Tiermediziner ins Reich der Eunuchen beschnippelt wurden – umgarnt eine quälende Unruhe.

Der Stier verdreht nervös seine Kulleraugen in alle Richtungen, wenn die attraktivste Kuh im Stall lasziv mit dem Schwanz umherwedelt. Das Miststück weiß genau, wie sie ihren Matador zu einem flotten Quickie auf der Kuhweide überredet. Durch das sündige Treiben der beiden wird der Viehzüchter um ein weiteres Rindvieh reicher. Und einen erhitzten Eber, der aus purem Testosteron besteht, können nicht mal eiserne Ketten von seiner liebsten Muttersau fernhalten. Warum auch? Der Casanova im Borstenkostüm produziert durch seine Schweinereien an jener Dame jede Menge Schnitzel, Kotelett, Salami und deftige Grillwürstel. Und wie es aussieht, bereitet es ihm größtmögliche Freude.

Aber besonders wuselig geht es im Hasenstall zu. Die Hasenerotik sieht im Allgemeinen so aus! Er, also der Hasenmann, nähert sich von hinten an seine Hasenbraut heran und schiebt dabei die Dame in rhythmischem Liebestaumel quer über den Hasenstall. Und das Fräulein Kaninchen?

Die Dame mampft wegen des bevorstehenden Höhepunktes genussvoll an einer leckeren Karotte.

So ein befreiender Kaninchenorgasmus muss im Tierreich wohl einzigartig beglückend sein.

Bei Hasen beginnt der Sex bei eins und endet mit zwei **(zwei Sekunden. Oder einmal in die Hand geklatscht!)**, in einem Funken sprühenden Feuerwerk. Das Nachspiel lassen die beiden Popper, anstatt ausgiebig zu kuscheln, mit dem Benagen weiterer Karotten ausklingen. Alles muss halt schnell gehen. Allzu viel Zeit zum Schmusen bleibt dem Paar nicht. Denn wie so oft im Hasenstall geht ein frisch gevögelter Hase seiner direkten Bestimmung entgegen. Es bedeutet, dass er nackt – also ohne Fell – in ein Solarium gelegt wird und mit Unter- und Oberhitze zu einem leckeren Sonntagsmahl gebräunt wird.

Der Hasenpopulation kann dieses Rösten im Mikrowellenofen nicht sonderlich schaden, denn diese Tierart ist bekannt dafür, dass sie sich zu gerne und oft verliebt. Würden diese Tierchen nicht so lecker schmecken, gäbe es auf unserem Erdball keinen einzigen Quadratzentimeter Bodenfläche, wo sich nicht Dutzende liebestoller Hasen nach Hasenmanier vergnügen.

12 Zeitweilige Obdachlosigkeit

Die Liebe hat so manche Kapriolen parat, was oft in ein Chaos führen mag. Seit Menschengedenken haben Verliebte ein Handicap, das sie zu Gefangenen ihrer Gefühlswelt macht. Es ist erwiesen, dass diese Romantikjunkies weniger Hirnmasse gebrauchen als unsere entfernten Verwandten, die Schimpansen, die spaßeshalber mit einer brennenden Dynamitstange spielen. Und da ich nicht viel besser bin als die anderen, biete ich den Affen das Feuer für ihren Megasilvesterböller.

Vor ungefähr dreißig Jahren – in meiner wildesten Zeit – liebte ich ein Mädchen namens Antje. Dieser Knuddelhase hatte die blondesten Haare, die mir je in die Augen schossen. Und von Antjes Figur träume ich noch heute. Hunderte einsame Männer standen Schlange, nur um von meinem Schatz einen platonischen Kuss auf die Wange zu erhaschen. Und ich hatte das Glück, ihr näher zu sein als die anderen. Es gab nur ein Problem!

Welches? Die Entfernung.

Antje wohnte zweihundert Kilometer weit entfernt von mir. Damals quälten mich die miesesten Geldnöte. Ich besaß keinen fahrbaren Untersatz, ich nicht mal den verdammten Führerschein. Aus diesem erbärmlichen Grund war ich gezwungen, per Anhalter zu meiner Liebsten zu fahren. Eigentlich war dies nicht das Problem, vielmehr handelt die Geschichte darüber, wo ich meine Nächte in der fremden Stadt verbringen sollte.

Bei meinem Schatz durfte ich nie und nimmer übernachten. Antjes Vater hätte mich mit seinen Fäusten zu Bröseln verarbeitet und mich anschließend an die

Tauben verfüttert. Zu lange schon hegte er den Verdacht, dass ich an seiner einzigen Tochter rummache. So ein fürsorgender Vater passt eben auf sein Töchterchen auf. Besonders dann, wenn die Göre hübscher als die frühere Filmdiva Marilyn Monroe ist.

In den meisten Fällen fand ich ein Hotel. Aber genauso oft erlebte ich wegen fehlender Übernachtungsmöglichkeit einen wunderschönen Sonnenaufgang mit anschließender Mondbesichtigung. Sie werden mir nicht glauben, welch illustrer Gesellschaft man begegnet, wenn man die ganze Nacht hindurch als einsame Seele den Vollmond bestaunt. Eine Geisterbahn mit seinen Zombies ist im Vergleich dazu ein kuscheliges Elfennest.

Ach was sag ich!

Man begegnet dem puren Abschaum. Angefangen von besoffenen Nachtschwärmern oder Typen, die von der Polizei gesucht werden, und manche Damen, die zuweilen auf den Strich zu gehen pflegen, waren unter den lichtscheuen Nachteulen. Damals war ich noch so naiv und wusste nicht, was es bedeutet, auf den Strich zu gehen. Ich wunderte mich nur, dass die Damen mich ansprachen oder gar Geld für eine Nummer von mir verlangten. Diese nett anzusehenden Damen sprachen ständig Worte, ob ich gerne eine Nummer schieben möchte. Dabei wusste ich gar nicht, was es mit einer solchen Nummer auf sich hat. Auch wenn mir der Beruf jener Damen geläufig vorkam, hätte es nichts gebracht, denn Geld war zu damaliger Zeit ein Fremdwort für mich. Doch an ein Wochenende in den Neunzigern denke ich heute noch gerne zurück. Wie üblich fuhr ich Autostopp zu meinem Schatz. Und wie immer wurde ich von Antje mit offenen Armen empfangen. Wir verabredeten uns ständig auf dem Burgberg mit seinem romantischen Buchenhain. Da saßen wir und liebäugelten mit der Natur. Und wenn es regnete, verschanzten wir uns eng umschlungen in einer Hütte, die zur Burg gehört.

Den ganzen lieben Tag hindurch schmusten und fummelten wir um die Wette und als es zu dämmern begann, zogen wir unsere Kleider an und mein Schatz ging nach Hause und ich machte mich daran, den bevorstehenden Sonnenuntergang mit seinen üblen Zeitgenossen zu erleben. Mit Zuversicht ging ich durch die Straßen, um ein Hotel ausfindig zu machen. Aber da in diesem Kaff eine Messe stattfand, waren alle Zimmer ausgebucht. Und so ging ich frohen Mutes der Nacht entgegen. Und da ich als ewiger Glückspilz verschrien war, öffnete sich der Himmel und es ergoss sich ein wahrer Wolkenbruch über mein Haupt. In dieser Nacht war ich einsamer als sonst, denn selbst das Gesindel blieb dem feuchten Wetter fern. Also irrte ich durch die Nacht und suchte einen Platz zum Schlafen, der mich zudem auch noch vorm Ertrinken schützte. Ich fand nach langem Suchen ein Gratisübernachtungsquartier. Es war eine überdachte Bushaltestelle mit Holzbänken darin. Ein grässlicher Ort, um ehrlich zu sein. Aber fürs Erste hatte es ein dichtes Dach über dem Kopf. Und zweitens, welche Alternativen gäbe es für einen finanziell abgebrannten Heuler wie mich? In dieser öden Stadt bringt selbst das Einwerfen von Schaufensterscheiben nicht den erwünschten Erfolg, um wenigstens auf dem Polizeirevier einen Schlafplatz zu ergattern.

Ich legte mich auf eine freie Stelle der Holzbank

und um einschlafen zu können, zog ich mir einen geilen Joint rein.

Mitten in der Nacht begann es unheimlich zu rascheln, und als ich den Kopf hob, bemerkte ich den Grund dazu. Ein Leidensgenosse ohne eigenen Hausstand gesellte sich zu mir. Nicht nur ich flüchtete vor dem sintflutartigen Unwetter.

„Hey Alter", sprach der Edelmann ohne festen Wohnsitz. „Raub mie ja nicht aus. Ick war früher enn jefährlicher Karateboxer. Wenn du schee brav bist, darfst du och von mener Schnapsbuddel lecken."

„Nein, nein", antwortete ich. „Ich bin froh, dass Sie mir nichts antun. Mein Herr, ich hatte nur das Pech kein freies Hotelzimmer zu finden. Also teilen wir uns das Quartier. Und wenn wir beide zusammenhalten, wird es keiner wagen, sich an Ihrem Schnaps zu vergreifen."

Der Angesprochene hielt mir seine Kornflasche entgegen und sprach zu mir:

„Hier, aber nur ein kleiner Schluck!"

Ich lehnte dankend ab. Ich kann doch ihn nicht seines Lebenselixiers berauben. Mit einem „Schlaf gut" gaben wir dem Sandmännchen eine Chance und ließen uns ins Luna-Luna-Land entführen.

Ach, wie ich meine Antje um ihr Bett beneidete.

Ohne darauf gefasst zu sein, hörte ich meinen Bettnachbarn sagen:

„Scheiße! Die grünen Männchen."

Mit grünen Männchen meinte er die Polizei. Und da ich mich nicht ausweisen konnte, wurde ich von den zuvorkommenden Herren eingeladen mit zur Polizeistube zu fahren. Dort wurde ich einer gründlichen Untersuchung unterzogen. Man fand das Gras und nebenbei auch die Telefonnummer von Antje.

Ich hatte die Telefonnummer in der Tasche deponiert, gleich neben dem Tabak mit seinem Gras. Toll!

So was passiert nur mir!

Die Polizei war sehr neugierig und später dann ungewohnt zuvorkommend.

Und wegen der Telefonnummer im Tabakbeutel und dem, was der Staatsanwalt als verboten ansah, brachten mich die amtlichen Herrschaften zu Antje und ihrem rabiaten Vater. Glauben Sie mir, das war kein Jubelschrei, das der Vater meiner Braut von sich gab. Der hatte nichts anderes im Sinn als wild umherzuschreien und mich dabei mit den Fäusten zu bedrohen. Mehr noch, ich wurde von dem alten Spießer als ein missratener Kiffer dargestellt. Kiffer ja (gelegentlich), aber missraten? Nee!

Da half alles Bitten nichts. Es kam wegen ca. drei Gramm Gras zu einer deftigen Anzeige. Man verdonnerte mich aufgrund eines Verstoßes gegen des Betäubungsschutzgesetz zu einer Geldstrafe von neunhundert D-Mark. Toll, wirklich toll! Für diese Summe hätte ich nicht in einem Bushaltehäuschen nächtigen müssen. Für neunhundert Mücken wäre ich im besten Hotel der Stadt untergekommen. Wahrscheinlich wäre sogar ein Butler im Preis inbegriffen gewesen. Oder weitaus besser, für dieses Geld hätte ich locker den Führerschein machen können.

Und Antje? Wir trafen uns weiterhin jedes Wochenende auf der Burg. Doch ich hatte für wetterbedingte Einflüsse vorgesorgt. Ich kaufte mir einen wasserdichten Schlafsack. Und wenn Antjes Vater zwei- bis dreimal im Jahr dienstlich verreisen musste, gab es vonseiten Antjes und von meiner Seite ein Freudenfest mit allem Drum und Dran. Man möge es nicht für möglich halten, aber so ein Schlafsack reicht locker für zwei.

13 Was macht den Sex so toll
(oder auch nicht)

Und? Was macht den Sex nun so toll? Ich finde, dass mit diesem Treiben manche Dramen entstehen. Mancher Casanova wird mir wild gestikulierend dagegenhalten und behaupten, dass die Vereinigung zwischen zwei Menschen größtmöglichen Spaß bereiten kann. Ich gebe denen recht, auch mir macht es zuweilen Freude, die weiche Haut einer Frau zu genießen. Das bereitet Lust an allen Ecken und Rundungen des Körpers. Aber wo in Gottes Namen sollen nun die von mir angedrohten Dramen herkommen? Meine Herrschaften, Dutzende Schikanen warten nur darauf, uns den Spaß an jener wohltuenden Gymnastik zu vermiesen.

Es beginnt schon in einer Bar, wo man sich für gewöhnlich kennenlernt. Zuerst sitzt man noch recht zaghaft am Bartresen und hält für eine gefühlte Ewigkeit Blickkontakt, man versucht fieberhaft mit dem zukünftigen Spielkameraden ins Gespräch zu kommen. Und damit die angespannte Zunge lockerer wird, gönnt man sich den einen oder anderen sprachfördernden Drink. Campari Orange wäre sicher eine gute Wahl. Dieses Zeug nehme ich immer. Das Dödelwasser taucht jede noch so graue Realität in ein rosarotes Schlummerlicht. So nach ungefähr fünf Drinks ist man bereit sich seiner Aufgabe – einen Partner ins Bett zu reden – zu stellen. Doch hier sollten Sie wenn möglich sich etwas zurücknehmen. Denn keine ehrbare Dame sieht es gerne, wenn ein halb bewusstloser Kerl vor ihr zu Füßen liegt. Wenn Sie Glück haben, bekommen Sie nur eine schallende Ohrfeige. Aber nur wenn Sie ein Mann sind und der Dame durch ihre feuchte Aussprache ein nasses Knie bescheren. Wirklich weh tut es erst, wenn Sie mit einem Papiertaschentuch versuchen, das vollbesabberte Knie der Dame zu reinigen. Das wäre selbst für einen geübten Frauenversteher fatal, wenn nicht gar tödlich. Andernfalls, wenn Sie die Wirkung des Alkohols gewohnt sind und noch gerade stehen können, dürfen Sie das Abenteuer wagen. Doch Vorsicht! Sie sollten sich niemals ungeschützt in ein Techtelmechtel stürzen. Mit geschützt meine ich, Sie sollten nicht an Kondomen sparen. So manch einer mit kleinem Budget glaubt doch tatsächlich, man könne jene Gummitüten zweimal benutzen, indem man das Teil von außen auf die Innenseite rollt. Der Geizhals hat sich zwar vor Krankheiten geschützt, aber seine auserkorene Maid wird ihm nach neun Monaten einen delikaten Liebesbrief zusenden. In diesem Schreiben steht, dass er von nun an die Hälfte seines Lohnes laut Richterspruch an die frisch gewordene Mutti abtreten darf. Bravo! Aber bitte, so dumm sind nur die wenigsten.

Jetzt wird mancher unwirsch seinen Kopf schütteln und denken:

„Ist das nun alles, was an Dramen ansteht?"

Nee, mein Guter, es gibt Tausende, die einem das Liebesspiel versauen können.

Ein Beispiel: Lieben Sie Tiere? Ja? Gut! In diesem Fall erzähle ich euch, zu was übertriebene Tierliebe führen kann. Ein Freund von mir, der Dieter, war so ein sensibles Seelchen. Jedes Lebewesen, das mehr als zwei Beine besaß, hatte von diesem Burschen nichts zu befürchten. Mehr noch, Dieter brach in Tränen aus, wenn er einer lästigen Schmeißfliege mit der Fliegenklatsche zu einem Heldenstatus verhalf. Er zwang sogar seinen Hund Benno zur veganen Ernährung. Man kann sich gut vorstellen, wie es um die Lebensfreude seines Rauhaardackels bestellt ist.

Wäre die bisswütige Töle nicht angeleint, würde sie schwanzwedelnd vor ein Auto rennen. Lassen wir das! Reden wir lieber über jene Tiere, die beim Sex entstehen können. Also, unser Dieter – ein ewiger Junggeselle – hatte stets Mühe, seinen ewigen Drang zur Genitalgymnastik unter Kontrolle zu halten. Keinem Rock konnte er widerstehen, ihm hinterherzustarren, ohne dabei unkeusche Gedanken zu bekommen.

Aber dadurch, dass er aussah, als sei er als Säugling mehrmals aus dem Kinderbett gefallen, sollten ihm zwischenmenschliche Zuneigungen meist verwehrt bleiben. Um dennoch zum Schuss zu kommen, blieb ihm nur eine Option. Da keine Dame gewillt war, mit ihm freiwillig ins Bett zu steigen, musste er für jene Dienstleistungen bezahlen.

So mancher Monatslohn wanderte aus seinem Portemonnaie in das rote Täschchen einer freischaffenden Dame. Doch an einem Maitag letzten Jahres – sein Konto war um dreitausend Euro überzogen – musste Dieter, um sich in der Körpermitte zu erleichtern, einer weniger attraktiven Dame den Auftrag für diverse Spielchen erteilen. Statt den üblichen hundertfünfzig bei der kessen Lola kostete es bei der ständig betrunkenen Erna gerade mal fünfzig. Und ausnahmsweise sollte der Stunt nicht in Lolas kuscheligem Bett, sondern als schnelle Nummer in einer verpissten Bahnhofstoilette stattfinden. Für den Chaoten war es okay.

„Hauptsache", dachte sich Dieter, „ich bin um einige Gramm leichter!" Und so ganz ohne war das Bumsen mit der alten Erna ja auch nicht!

Erst Tage später erlebte Dieter seinen zweiten Orgasmus. Die ganze Nacht hindurch musste er sich leidend am Sackgehänge kratzen. Zuerst dachte er sich, er habe sich im Freibad eine Hautkrankheit eingefangen, doch dies konnte er nach eingehender Untersuchung ausschließen. Wie auch ihm bekannt war, können sich solche Pilzkrankheiten nicht bewegen, sie haben auch keine Beine, um vor ihren Peinigern davonzurennen. Um welches Ungeziefer handelte es sich dann? Ich sag nur eines! Käfer! Lauter kleine süße Käferchen, die sich an seiner Genitalwolle festklammerten. Nicht einer, Hunderte dieser niedlichen Blutsauger warteten nur darauf, dass Dieters Blutbank zum Anzapfen bereit sei. Oder einer aus der Sippe rief:

„Ozapft is!"

Jedes Mal, wenn er seine Juwelen schüttelte, purzelten die Tiere wie überreifes Obst von Dieters Stange. Der Dieter, der ja als ausgesprochener Tierfreund galt, bekam stets tränende Augen, wenn er ein solches Tier zwischen seinen Fingernägeln zermalmte.

„Knacks!"

Allein dieses Geräusch bringt so manch sensiblen Tierfreund in einen extremen Gewissenskonflikt. Aber was sollte er tun, sich weiterhin blutig kratzen oder an dieser Tierart ein Exempel statuieren? Keine Frage, er wollte die lästigen Blutsauger um jeden Preis loswerden. Nur die Chemiekeule brachte auf Dieters kleinem Kumpel den so sehnsüchtig herbeigesehnten himmlischen Frieden. Den Käfern half auch die Flucht nicht mehr. Keine Gnade, kein Mitleid.

„Aus die Laus!"

Eines sollte dem Dieter klar sein, billig vögeln hält so manch üble Überraschung bereit.

Alle anderen Herrschaften, die man zuweilen als heilig bezeichnet, nur weil diese braven Bubis ein- oder zweimal beim Fremdgehen erwischt wurden, dürfen sich freuen, auch für sie sollte ein sexueller Absturz möglich sein.

Ach geh, nicht schon wieder. Glauben Sie nicht? Gut dann lesen Sie. Da hab ich in meiner Jugend (heute darf ich nicht mehr) so ganz eigene Erfahrungen sammeln dürfen. Wenn Sie Ihrer Gattin schein- heilig prophezeien, Sie würden im Kegelverein an einem Wettkampf teilnehmen, aber in Wirklichkeit gehen Sie in eine verruchte Kneipe, dann, mein Freund, müssen manche von euch Lausbuben mit unangenehmen Konsequenzen rechnen.

Von welchen Konsequenzen rede ich?

Sexuelle Verirrungen! Sie gehen, wie schon auf ei- ner anderen Seite erwähnt, in eine Bar. Aber wie so oft sollte es in dieser Lokalität deutlich an edlem Ambiente fehlen. Mit anderen Worten, wer sich in diese Hölle wagt, hat entweder seinen monatlichen Freigang oder der Besucher jener Alkoholhölle heißt Dieter. Reden wir über sexuell überreife Frei- gänger.

Edwin, ein begnadeter Wohnungseinbrecher, saß vier Jahre im stattlichen Hotel mit Rundumservice und hatte noch mindestens achtzig Übernachtungen vor sich. Und da er – weil es ihm an Möglichkeiten mangelte – ein tadelloses Knastleben führte, durfte er zweimal im Monat den Knast für jeweils zwölf

Stunden verlassen. In dieser Zeit darf sich Edwin das suchen, was ihm seit nahezu vier Jahren verwehrt blieb. Man kann sich sicher denken, um was es sich dabei handelt. Ja, genau! Edwin sucht an seinem freien Tag willige Damen, die ihm und seinem kleinen Kumpel zur Hand gehen. Zwölf Stunden sind wahrlich nicht zu viel bemessen, um sich horizontal auszutoben. Doch es gibt ein Lokal – das wusste er aus vergangenen Tagen –, wo es vielleicht klappen könnte.

„Frankys Nobelhütte".

Ein vielversprechender Name!

Vorsicht! Man darf sich dadurch nicht blenden lassen, vor allem aber soll man sich an diesem Ort in Acht nehmen! Die Nahrungsaufnahme in dieser Nobelherberge ist seit dem letzten Besuch des Gesundheitsamtes bis auf Weiteres untersagt. Die Currywürste, die in der Küche gemächlich vor sich hin schimmeln, dürfen sich die hier wohnenden Ratten unter sich aufteilen. Und das Zeug im Kühlschrank, das mal ein Essen werden sollte, entwickelte sich zu einer Ursuppe aus prähistorischer Zeit, als das Leben seinen Anfang nahm. Das Zeug begann zu leben. Das Einzige, was hier frisch war, waren die Maden auf der Wurst. Und bitte, wenn ihr zufällig in dieser Kaschemme landet, bestellt euch nur Getränke in verschlossenen Flaschen. Und besteht darauf, dass man die Flaschen erst vor euren Augen öffnet. Sonst kann es den Herrschaften passieren, dass die Lippen abfaulen.

Und in diesem Umfeld suchte Edwin sein Glück. Beim Betreten der Bar ließ er seine Augen umherwandern. Edwin zählte sechs Typen, davon waren vier derart blau, dass sie mehrere Stunden warten mussten, bis ein Teil des Alkohols abgebaut war, um dann – zwar immer noch der Bewusstlosigkeit nahe – den Nachhauseweg antreten zu können. Außerdem saßen drei Damen am Bartresen und warteten auf einen edlen Spender. Zwei dieser Liebchen waren sicher mal schön, vor fünfzig Jahren vielleicht. Und nicht zu vergessen Franky, der Wirt. Und der hat sich nach seinem Äußeren beruhend mindestens drei Wochen nicht gewaschen. Der müffelnde Kerl war nie einsam, ihn umschwirrten jede Menge Schmeißfliegen. Man darf behaupten, dass sich hier die Creme der Gesellschaft!!?? ein Stelldichein gab. An einer Dame blieben Edwins Augen hängen. Die Alte war zwar kein Supermodel, sah aber im Vergleich zu den anderen beiden geradezu umwerfend aus. Und außerdem war sie die Einzige, die an einem Bier nippte, nicht so wie der restliche Haufen, die alle eine Flasche Cognac vor sich stehen hatten. Edwin sah der Dame lang und intensiv in die Augen. Und die Zeichen standen auf Erfolg. Denn schon am Eingang wurde er von jener Dame von allen Seiten gemustert, und wie es aussah, sollte seine Aura auf Zustimmung stoßen. Edwin wusste die von der Dame entsendeten Zeichen zu deuten.

„Wow", dachte er sich, „mit der steig ich heute noch ins Bett!"

Eilig ging Edwin an die Schöne heran und sprach sie unverhohlen an.

„Meine Dame, ich bin der Edwin! Sie sehen aus, als dürfte ich es wagen, Sie in ein nettes Gespräch zu verwickeln."

Und die Antwort ließ nicht lange auf sich warten.

„Aber ja doch, sehr, sehr gerne! Ich dachte mir

schon, ich würde in diesem Schuppen an Einsamkeit sterben. Also, lass uns reden. Zuerst aber brauch ich zum Aufwärmen einen Drink! Erst dann darfst du Livia zu mir sagen!"

Gerne tat Edwin ihr den Gefallen, denn um etwas Warmes und Weiches ins Bett zu lotsen, muss man eben Zeit und Geld in das bevorstehende Gerangel investieren. Doch es sollte nicht bei dem einen Drink bleiben. Unzählige Colas mit Rum verleibte sich die Dame auf Edwins Kosten ein.

Die attraktive Livia (Alkohol macht schön) und der am sexuellen Notschlauch stehende Edwin unterhielten sich köstlich. Was aber auch bedeutete, dass dem Edwin die Zeit davonlief. Er hatte ja nur zwölf Stunden Zeit. Irgendwann nach drei Stunden kratzte unser verliebter Freund seinen gesamten Mut zusammen und unterbreitete der Dame ein moralisch fragwürdiges Angebot.

„Livia, ich muss dir was gestehen. Ich sitze seit vier Jahren im Knast und habe noch achtzig Tage vor mir. Weißt du, was ich in all der Zeit vermisst habe?"

„Nein, weiß ich nicht!", gab ihm die Angesprochene zur Antwort.

„Zärtlichkeit! Verstehst du, ich will endlich wieder einer Frau näherkommen. Und du – als die absolute Hammerbraut – wärst hierfür meine Favoritin. Livia, ich bin rostig wie ein Rudel Straßenhunde, selbst mein Ohrenschmalz besteht aus Samen. Also bitte, sei meine Prinzessin und lass es uns tun."

Die Angesprochene sah ihrem Galan sehr intensiv in seine himmelblauen Augen, und nach fünf Minuten des Schweigens gab sie dem wartenden Edwin Antwort.

„Aber ja doch, mein Pummelchen! Los, komm schon, lass uns von hier verschwinden, damit wir uns auf irgendeiner Matratze noch näher kennenlernen können."

In der Nähe des Bahnhofs fanden die beiden ein Hotel, das sich für zwanzig Euro die Nacht bezahlen lässt. Eigentlich ist diese Bleibe der Vorhof zur städtischen Müllhalde. Was nicht sonderlich schlimm für das Paar zu sein schien. Denn Edwin und seine Livia wollten nur vögeln, bis ihnen die Zunge aus dem Maul hängt, das Ambiente des Zimmers war den beiden völlig egal.

„Aber was ist nun mit den angedrohten Verirrungen, kommt da noch was?"

Ja doch! Warten Sie ab, das dicke Ende kommt noch! Und wie sollte es aussehen, das berühmte dicke Ende?

Mitten im Liebesgetümmel passierte das, was einem Casanova die Schweißperlen auf seine Stirn zaubern lässt. Für die meisten unseres edlen Geschlechtes der blanke Horror! Die Langhaarperücke von Livia begann durch die stürmischen Bewegungen der beiden zu verrutschen und zum Vorschein kam eine durchgehende Vollglatze.

„Na und, seit wann braucht man zum Bumsen Haare!"

Sie haben recht, aber …? Zum besseren Verständnis gebe ich euch Unterricht in der menschlichen Sexualität. Also, der Mann sollte einen Stecker haben und die Frau eine dazugehörige Steckdose. Wenn sich aber zwei Stecker begegnen, ist meist was faul im Schlafgemach. Nicht nur Edwin hatte was Steifes in der Hose, auch seine neue Freundin Livia stand ihm mit ihrer Megalatte in nichts nach.

92

„Livia", schrie Edwin seiner bevorstehenden Action beraubt, „du bist ja ein Kerl."

„Na und", antwortete Livia, der eigentlich Karl-Heinz hieß. „Das musst du doch vom Knast gewohnt sein. Mann, stell dich nicht so damenhaft an, und mach mir hier bloß keinen Zwergenaufstand. Also sei ein braver Bub, leg endlich los und besorg es mir."

Eine wahrhaft schwierige Situation für den armen Edwin! Seine ausgefahrene Antenne wieder einfahren kommt für ihn zu diesem Zeitpunkt nicht mehr infrage. Wie auch, dadurch, dass sein kleiner Freund zu einem Monstrum angewachsen ist, konnte es leicht passieren, dass selbst der stärkste Reißverschluss zu bersten beginnt. Man einigte sich auf eine Fortführung der angefangenen Szenerie. Der Edwin machte einfach die Augen zu und stellte sich vor, als würde er es mit Miss Universum treiben.

Und Livia alias Karl-Heinz? Die Tunte hatte ihre pure Freude daran, vom Edwin vergenusswurstelt zu werden. Das also war die traurige (aber vielleicht hatte es den beiden trotzdem Spaß gemacht) Story über Edwin und seine Livia (??!!). Sie sehen selbst, was alles auf der horizontalen Spielwiese abgehen kann.

Also bitte, meine Herren, gebt euch und eurer zukünftigen Braut eine Chance und führt schon beim ersten Kennenlernen einen alles klärenden Kontrollgriff durch. Keine Angst, die meisten Damen werden hierfür Verständnis aufbringen **(Vorsicht! So manche aber führen trotz alledem eine harte Faust).** Aber nur so wird man von üblen Machenschaften mancher Pseudodamen geschützt ins Rennen gehen. Erst dann erlebt man das, was einem laut natürlichem Zeugungsakt zusteht. Mann zu Frau und Frau zu Mann! Was nicht heißen soll, dass die gleichgeschlechtliche Liebe in meinen Augen verpönt sei. Darüber muss der Einzelne selbst entscheiden, an wen er sein Herz verschenkt!

Meine ehrenwerten Freunde, es gibt aber auch Situationen im Bett, die Sie mehr fürchten sollten als der leibhaftige Teufel das Weihwasser. Darf ich fortführen? Ja? Okay!

Wenn sich das Gehirn und die Libido uneins sind oder sich in einem Krieg befinden, wird eurer kleiner Freund weiterhin ein weiches Zwerglein bleiben.

„In diesem Fall", höre ich stets, „hat die Pharmaindustrie ein wirksames Medikament auf den Markt gebracht. Diese blauen Tabletten machen aus jedem altersschwachen Greis einen unschlagbaren Helden der Erotik."

Ihr habt recht mit dieser Behauptung! Dieses Mittel hilft Ihrem schlaffen Gestänge. Nur was passiert, wenn Sie das Medikament zu sich genommen haben und voller Hoffnung auf Ihre Gattin warten?

Sicher werden Sie denken, dass Sie und Ihre Dame – dank Medikament – größtmöglichen Spaß erleben würden. Ihre Zuversicht freut mich. Was geschieht, wenn Ihre bessere Hälfte gerade ihre Migräne genießt oder vor Ihren Augen mit der roten Fahne schwenkt? Sie könnten das Problem mit Eiswürfeln beheben oder durch zu viel Reibung eine Sehnenentzündung an beiden Händen bekommen. Es liegt nur an Ihnen, für welchen Spaß Sie sich entscheiden. Schmerzhaft und anstrengend wird die Prozedur allemal werden!

Nun will ich euch nicht weiterhin mit meinen Ratschlägen über zerplatzte Liebesabenteuer auf die Eier gehen. Macht doch, wenn ihr wollt, eure eigenen Erfahrungen! Und ich? Ich geh derweil in „Frankys Nobelhütte".

Es ist für manch heilige Zeitgenossen nicht nachvollziehbar, aber auch die Welt der Frauen hegt zuweilen schmutziges Gedankengut.

„Wie! Das glaub ich nicht!", wird mancher über seine Gattin, Freundin oder einfach nur die Dame reden, die er in Anflug von Liebe auf einen marmornen Sockel gehoben hat und sie rundum vergöttert.

Ach ja, die Romantiker. Total unzurechnungsfähige Sklaven ihrer Leidenschaften. Diese Helden der alles verzehrenden Liebe leben jeder für sich auf einer rosa Wolke und liefern der Weltliteratur die schönsten Liebesgeschichten. Doch an manchen Tagen erleben selbst die eingefleischten Traumtänzer – egal ob nun Frau oder Mann – das, was man vergebliche Liebesmüh zu nennen pflegt.

Eine Freundin von mir aus dem Billardklub, die Antonia, war so ein Exemplar. Meist ist diese Realo-Tussi die pure Vernunft, aber es gibt Tage, an denen auch sie den Verstand ausschaltet.

Und daher verwundert es niemanden, dass sie sich zuweilen eingestehen musste, dass der gesunde Menschenverstand ihr so manch üblen Streich spielt. Diese hübsche Göre konnte es mit ihrem Aussehen locker mit jedem Model aufnehmen, und jeder von uns hatte versucht diese leckere Honigschnecke zu verführen. Vergebens! Das Einzige, was von dieser Dame als Zärtlichkeit rüberkam, war ein nettes, aber unverbindliches Bussi auf unsere schmierige Backe. Wir genügten eben nicht, um ihren gehobenen Ansprüchen gerecht zu werden.

Wie auch! In unserem Verein sollte eigentlich Billard gespielt werden, aber was taten wir wirklich?

Von den zwölf aktiven Spielern waren zehn als die größten Luschen bekannt. Deren einzige Begabung bestand darin, die ganze Nacht hindurch hemmungslos zu saufen, bis das medizinische Großaufgebot angerückt kam. Nur ich sollte eine Ausnahme machen, ich war der Asket im Verein. Hatten wir ein gewichtiges Ligaspiel zu bestreiten, versagten diese Penner in jeder Lebenslage. Die gegnerische Mannschaft, die sich den Sieg an die Brust heftete, beneidete uns nicht wegen unseres exzellenten Billardspiels, sondern um unser Vereinsmaskottchen Antonia. Doch dieser Schatz blieb standhaft und nur ihren Vereinskameraden treu ergeben.

Doch an einem Abend sollte sich alles verändern. Wir hatten wie gewohnt ein Ligaspiel gegen die Mannschaft der Nachbarstadt haushoch verloren, da nahm mich Antonia zur Seite und sprach mich an.

„Deuml, sei bitte so lieb und hör mir zu."

Gerne, diesen Gefallen tue ich doch zu gerne. Da unsere Antonia bei unsrer erneuten Niederlage schon einiges an Prosecco konsumiert hatte, befand sie sich in einem weinseligen Schwipszustand und bekam deshalb eine lockere Zunge. Ich wunderte mich ungemein, weil das von diesem Schatz völlig ungewohnt war.

„Mein Freund", sprach Antonia mit leichtem Zungenschlag, „kannst du dich an das Turnier letzten Jahres erinnern, wo wir gegen das Team aus Hinzenkofen gespielt hatten?"

„Ja", antwortete ich, „ich weiß noch ganz genau, dass wir das Match verloren hatten!"

„Ach, Deuml, das Verlieren ist doch für uns nichts Neues, das sind wir gewohnt, ich hab ein ganz spezielles Problem. Sei brav, und lass mich von Anfang an erzählen! Du kennst doch sicher noch den Aufschneider Emil, du weißt schon, den, der immerzu mit seinem Body prahlte."

„Oh Gott", rief ich. „Antonia, sag bloß, der Kerl hat dir mit seinem widerwärtigen Getue imponiert?"

„Zuerst ja, aber dann …! Ach, Deuml, du hast ja recht, ich hab mich von diesem Schönling einlullen lassen. Nachdem wir verloren hatten, trat der besagte Emil an mich heran und fragte mich, ob er sich Chancen ausrechnen dürfte mich zum Essen einzuladen. Und wie auch du weißt, spielen manches Mal unsere Hormone verrückt. Deuml, ich muss leider zugeben, dass ich mich von Emils tollem Aussehen hab blenden lassen. Also willigte ich zu einem unverbindlichen Rendezvous ein. Ich konnte ja nicht ahnen, was mir dummen Gans an diesem Abend alles blühte! Zuerst dinierten wir im edelsten Restaurant der Stadt, und anschließend fuhren wir im Cabrio ins Bauhaus", **(das Bauhaus war zu unserer Zeit die absolute In-Disco)**, „dort tanzten und soffen wir uns einen ab."

„Ist doch toll!", sagte ich. „So kamst du zu einem amüsanten Abend."

„Deuml, wenn es nur das gewesen wäre! Aber der Kerl wollte außer Tanzen noch mehr. Und, um welches Mehr es sich dabei handelt, muss ich wohl nicht näher beschreiben."

„Wie mehr?", fragte ich unwissend.

„Mann, hat dich deine Mami nicht aufgeklärt? Emil, der alte Frauenheld, sah in mir eine weitere Siegestrophäe, mit der er durchs Matratzennirwana düsen konnte. Eigentlich hatte ich zu Anfang nichts dagegen, von ihm in liegender Position durch die Mangel gedreht zu werden. Aber dann …!"

Antonia wurde zusehends nervös, mehr noch, sie schaltete ihren Redemodus auf stumm. Man merkte es ihr an, dass es ihr peinlich war, über jene Episode mit Emil zu sprechen. Erst nach einem weiteren Prosecco stupste sie mich an und sprach in kaum hörbarem Ton zu mir.

„Mein lieber Freund, das, was ich dir anvertraue, sollte als ewiges Geheimnis in die Geschichte eingehen. Also schwöre einen Eid!"

„Aber ja doch, Antonia, ich schwöre bei allen Göttern. Also, lass schon hören, was dich bedrückt."

„Der Emil und ich lagen in seiner Bude auf dem Sofa und küssten und befummelten uns zuerst noch etwas zaghaft, aber mit der Zeit sollte unser Treiben zu einer Orgie ausarten. Dabei sollte – man sollte es nicht für möglich halten – bei jeder unanständigen Berührung ein Kleidungsstück nach dem anderen zu Boden fallen. Und bevor wir uns umsahen, saßen wir uns in Unterwäsche gegenüber."

Jetzt wird es heiß. Interessiert lauschte ich den erotischen Ausführungen. Wahnsinnig vor Neugier fragte ich:

„Und dann?"

Kaum hörbar stotterte Antonia:

„Dann, dann …! Dann fielen auch die letzten Barrieren und jeder von uns konnte dem anderen zeigen, was er unter der Unterwäsche alles Schönes zu bieten hatte. Aber jetzt kommt's! Deuml, was ich dann sah, ließ mich an Emils hochgepriesener Männlichkeit zweifeln. Vor mir standen zwei stramme Kerle, der eine eins zweiundachtzig und der zweite gerade mal zehn Zentimeter. Deuml, unser Emil hat ein dünnes Cocktailwürstchen in der Hose.

Ich dachte mir, der kleine Mann wird wahrscheinlich noch wachsen, aber um das zu bewerkstelligen, braucht eine Frau ein Vergrößerungsglas." **(Penisverlängerung hervorgerufen durch eine Lupe! Hm, das sollte Mann sich merken. Vorsicht! Das mit dem Vergrößerungsglas kann aber auch schieflaufen, denn wenn eine ehrenhafte Dame versucht, das Miniteil durch optische Gerätschaften und die Zuhilfenahme von Sonneneinstrahlung größer und imposanter werden zu lassen, kann es passieren, dass selbst das wenige, was den Männern an den Eiern herunterhängt, zu Asche verbrennt!)**

Das war schlimm genug für Antonia, aber es sollte noch krasser kommen. Was konnte schlimmer sein als in einer Dimension zu leben, die sich im Mikrobereich befindet?

„Deuml, du glaubst es nicht, aber auf Emils Pimmelspitze thront eine überdimensionale Warze, eigentlich war das Ding größer als alles andere, was er sonst noch vorzuweisen hatte."

„Eine Warze? Okay, das ist Kacke! Aber die Größe!", sagte ich. „Ich dachte stets, dass euch Damen die Penisgröße beim Sex egal sei und fürs Kommen keine nennenswerte Rolle spielt!"

„Deuml-Hase", **(so nennt mich Antonia immer dann, wenn ihr der Schalk im Nacken sitzt)**, „das ist ein jahrtausendealter Irrglaube! Wir wollen euch nur nicht mit Minderwertigkeitskomplexen überschütten. Verstanden? Nur deshalb sagen wir solche aufbauenden Sachen!"

„Wie, ihr lügt uns an?"

„Irrtum, mein Freund! Wir belügen euch nicht, sondern geben euch altersschwachen Herrn nur das so sehnsüchtig erwartete Gefühl, das ihr fitter als der leibhaftige Casanova seid."

„Wie ist das jetzt? Hat der Emil einen Kurzen in der Hose oder hat er nicht!", fragte ich.

„Ja, hat er! Natürlich hätte sein niedlicher Piepmatz gereicht, um mich in den Orgasmushimmel düsen zu lassen. Aber …!"

„Was aber?", fragte ich unsicher.

Mit einem unverschämten Grinsen im Gesicht sagte das verkommene Miststück Antonia zu mir:

„Deuml, mein Freund, ich will offen und ehrlich zu dir sein! Beim Bumsen", **(Sie müssen diese vulgären Worte verzeihen, der viele Proseccos hatten Antonias Anstand auf Eis gelegt)**, „will ich nicht nur spüren, wenn mich einer durch die Sprungfedern der Matratze nudelt, nein, mein Guter, auch das Auge isst mit."

„Aha!", dachte ich mir.

Und schon wieder ist die Männerwelt um eine lehrreiche Erfahrung reicher.

15 Stark, aber dumm wie trockenes Stroh

Wie Sie selbst wissen, ist es mit den Kollegen so 'ne Sache. Meistens gehen sie dir auf den Sack und nur manchmal erlebt man so was, das sich Gleichklang nennen darf. Diese kollegialen Terrortypen schaffen es jeden Tag aufs Neue, unsereins mit ihrer Paranoia den ganzen Tag hindurch zu versauen. Ein regelrechtes Affenhaus, in dem sich zwei Gruppierungen wiederfinden. Die einen – also die Fleißigen – machen die anstehenden Arbeiten, während sich das faule Rattenpack beim Chef ungemein wichtigmacht.

Auch an unserm Arbeitsplatz gibt es solch einen widerlichen Kerl. Der glaubt doch tatsächlich, dass aus seinem Arsch das Licht der Sonne scheint.

Dieser Kollege – er heißt Detlef Wipke – macht uns mit seinem irrsinnigen Machogehabe das Leben schwer. Ein richtiger Kotzbrocken. Er und ich arbeiten an einem bayrischen Großflughafen.

Wo genau?

Das möchte ich den ehrenwerten Herrschaften vorenthalten. Sonst müsste sich der Betreiber des Flughafens für sein abgefucktes Personal schämen. Und diese Schmach möchte ich meinem Chef ersparen.

Kollege Wipke!

Mit seinen dreißig Jahren kein einziges Haar am Kopf, aber stolz, arrogant, rechthaberisch und verliebt in seine eigene Person.

Sein ganzes irdisches Bestreben besteht darin, seinen Körper mit Hanteln und Gewichten zu stählen. Genau! Mit Ihrer Vermutung liegen Sie richtig, wenn Sie denken: „Ein Narziss, der der geistlosen Liga der Bodybuilder angehört."

An keinem Spiegel konnte er vorbeigehen, ohne darin seine Bizeps ausgiebig zu bewundern. Aber wehe, wenn es heißt: „Wir brauchen jemand, der zehn Minuten länger am Set bleibt!"

Dann bekommt der Muckimann seinen Nervenkoller. Denn Arbeit bekommt dem Herrn überhaupt nicht. Meist ist er damit beschäftigt, vor den Damen in den Büros den starken Mann zu spielen und mit seinen Muckis anzugeben

Ein durchtrainierter Schönling (?) mit der eingebildeten Tendenz zum Hollywood-Star. Fünfmal die Woche quält er sich an sämtlichen Foltergeräten in seinem Fitnesscenter einen runter und schluckt ganz nebenbei jede Menge Muskelaufbaupräparate.

In Fachkreisen auch Anabolika genannt. Und zu was dieses ungesunde Schlucken von Pillen und Dragees führt, weiß heute jedes Kind. Ich sag nur eins! „Schrumpfpenis!"

Eigentlich ist es für Kollege Wipke sinnlos, den Frauen in den Büros den Hof zu machen. Wieso? Na, weil der Missbrauch jener Medikamente auf lange Sicht zur gnadenlosen Impotenz führen kann. Und wie wir alle vermuten, und manche Dame hatte es am eigenen Leib erfahren dürfen, hat der aufgeblasene Kerl seinen Lümmel nur noch zum Bäumchengießen. Oder er findet das Hängeteil überhaupt nicht mehr, weil der an irgendeiner Hantelstange hängen geblieben ist.

Seine letzte Freundin hat ihm wegen jener Differenzen auf der horizontalen Spielwiese die Rote Karte erteilt. Sie wollte einen Mann, von dem sie Kinder erwarten konnte, und hatte nicht vor als Jungfrau zu enden.

Doch dieses Manko sollte kein allzu großes Problem für Kollege Wipke bedeuten, er hat ja eh nur Augen für sich selbst.

Und so hielt sich seine Trauer bezüglich des Verlustes der Partnerin auch in Grenzen. Ein solcher Bursch bumst ja eh nicht, der hebt nur, und zwar Hanteln und Co. Warum sollte er sich selbst verleugnen und nur Frauen bewundern, wo er doch selber der absolute Hingucker ist?

Ach wie toll wäre es für den Herrn, wenn er an allen Seiten des Kopfes Augen hätte, dann könnte er sich rundum im Spiegel betrachten.

Sein absolutes Megaidol ist – wer sollte es anders sein – Arnold Schwarzenegger. Ihm wollte es Wipke gleichtun! Auch er träumte von einer steilen Karriere als oscarprämierter Actionheld. (Ich persönlich finde, dass er aussieht wie das Teil, worauf man zu sitzen pflegt! Was natürlich nur auf sein Gesicht zutrifft.) Ohne Honig um sein Maul zu schmieren, müssen wir, so leid es uns tut, zugeben, dass er einen total durchtrainierten Körper besaß. Nur was bringt ein muskulöser Body, wenn unter der Schädeldecke total geistige Finsternis herrscht? Nichts! Und das, finde ich, ist sehr wenig!

Obwohl Kollege Wipke allenfalls mit nur minimalem Arbeitseifer und minimaler Gehirnmasse glänzte, bezeichnete er uns alle als totale Nieten. Und zu unserem Leidwesen glaubten ihm seine Vorgesetzten jedes seiner Worte.

Ein ewiges Naturgesetz besagt, derjenige, der sein Maul am weitesten aufreißt, erntet die Lorbeeren.

Wir mussten stets vor Kollege Wipke und seinen Äußerungen bezogen auf unser Essverhalten auf der Hut sein. Jeder, der einen Bauchansatz sein Eigen nannte, hat in seiner kranken Vorstellung seine Attraktivität an die Lebensmittelindustrie verkauft. Oder besser noch, Kollege Wipke behauptet, wir seien verfressener als die biblischen Heuschrecken. Mich hatte er mal im Streit (es ging darum, wie man seinen Körper am effektivsten formt) einen Hungerhappen genannt, nur weil ich mit meinen eins zweiundachtzig gerade mal achtundsechzig Kilo auf die Waage brachte und dabei immer noch essen konnte, so viel ich wollte. Die pure Neidattacke!

Irgendwann war es dann so weit, ich durfte meinen wohlverdienten Ruhestand antreten. Bei meiner Abschiedsfeier sagte ich zu allen Lebewohl, und meinem Lieblingsfeind Kollege Wipke wünschte ich die Krätze auf seine Arschbacken. Obwohl! Auch zu dieser alten Muckischlampe sagte ich ein nettes, aber gelogenes Ade.

Drei Jahre später! An einem sonnigen Sommertag flanierte ich durch unsere beschauliche Stadt. Mitten im Zentrum erblickte ich einen fett gewordenen Zombie, der mich freundlich grüßte. Ich musste mindestens fünfmal hinsehen und raten, um welche Person es sich handelt.

„Hey, Deuml", sprach mich dieser an, „ich bin's, dein früherer Kollege Wipke."

Jetzt wusste ich Bescheid.

„Mann", dachte ich mir, „der Kerl hat doch tatsächlich zugenommen. Mindestens zehn Kilo!"

Irrtum! Wie mir mein ehemaliger Kollege versicherte, sollten es genau zweiundzwanzig Kilo sein, die seinen Körper ins wollige Weich transformierten! Sogar seine letzten Haare hatten sich verabschiedet und eine durchgehende Vollglatze schmückte sein öliges Haupt.

Wo war er nun, der stolze Hecht? Aus stählernen

Muckis waren wabbelnde Fettpölsterchen geworden.

Mein Exkollege war geradezu um mindestens zwanzig Jahre gealtert. Wie das? Wo er doch so sehr auf gesunde Lebensweise gepocht hatte.

Er hatte geheiratet! Und seine Gattin hatte wie auch er einen gesegneten Appetit auf alles Kalorienreiche, was sich ebenfalls gut an Wipkes Hüftgold erkennen ließ.

„Toll", dachte ich mir bei unserem Abschied, „nur dein Schrumpfpimmel ist dir sicher treu geblieben!"

(Reine Vermutung meinerseits!)

16 Rainer Allwissend

Einer meiner Bekannten – nennen wir ihn Rainer B. Oder vielleicht auch Rainer C. Der Nachname jenes Herrn ist mir wegen seiner Unwichtigkeit entfallen. Dieser Kerl hatte die Begabung, all seine Mitmenschen durch seinen ewigen Diskussionsfetisch dümmer als einen Bazillus dastehen zu lassen. Sicher kennen auch Sie ein solches lästiges Exemplar, das euch mit seiner Pseudointelligenz das Leben schwer macht.

Unser Rainer! Eigentlich kein schlechter Kerl, wenn er nicht gerade seinen Oberprofessor heraushängen lässt. Und die Bescheidenen unter uns haben das Nachsehen. Selbst seine Freunde, wo wir uns doch seit früherer Schulzeit kennen, haben an manchen Tagen das Bedürfnis, dem Rainer ein Heftpflaster auf seinen unsensiblen Mund zu heften.

Es war im letzten Sommer in unserem Stammcafé. Rainer, Uwe und ich wollten das Wochenende mit Cappuccino, Espresso und jeder Menge Bier einläuten. Unsere Unterhaltung bezog sich wie unter Freunden üblich auf schöne Frauen, Politik und Sport **(Fußball)**. Eigentlich ein bangloses Gespräch! Außer einer von uns versucht daraus eine undurchdringliche Wissenschaft zu machen. Wäre Rainer nicht gewesen, hätten wir einen vergnüglichen Nachmittag bei Sonnenschein und Co verlebt. Rainer, das wandelnde Lexikon. Unser Freund, dafür bekannt, alles, aber auch wirklich alles besser zu wissen.

Uwe sprach zu mir:

„Na, Deuml, wie gefällt dir die Sandra?"

„Eh, Uwe", antwortete ich, „die Sandra gefällt mir

nicht! Ich bin verrückt nach ihr. Hast mich verstanden!"

„Ach geh", mischte sich Rainer ein, „die Sandra hat doch viel zu dicke Schenkel. Und wo ist ihr Busen?"

Uwe sah mich enttäuscht an und wechselte das Thema.

„Deuml, wie hältst du es mit unserer derzeitigen Politik?"

Und ich gab ihm darauf – wie es sich gehört – Antwort.

„Uwe, was willst du? Es läuft doch alles bestens. Wir haben Arbeit und verdienen gutes Geld. Und …"

Ein Weiterreden war nicht möglich. Warum? Denn jetzt kommt unser Rainer ins Spiel.

Ohne gefragt zu werden, begann er über die politischen Krisen, die unser Deutschland im Würgegriff halten, zu palavern.

„Ihr armen Irren! Wie kommt ihr nur darauf, dass alles – laut eurer Vorstellung – so gut läuft? Ich sag euch was! Nichts, nichts funktioniert."

„Aha!", sagten wir. Denn wir wussten, dass wir in Rainers Augen als politische Neandertaler gelten.

„Unser schönes Land", redete Rainer unbeirrt weiter, „wird von Flüchtlingen und Asylanten heimgesucht. Von wegen sie seien Verfolgte. Die wollen nur auf Kosten von uns braven Steuerzahlern ein luxuriöses Feudalleben führen."

„Aber, Rainer", unterbrachen wir ihn, „gerade du als ehemaliger Finanzbeamter, der sichs im gemütlichen Speckgürtel gut gehen lässt, musst reden."

„Ich hab recht! Ich rede nicht nur für mich, sondern für jene Bürger, denen es nicht so top geht."

Was für ein scheinheiliger Wichtigtuer. Seine Mitmenschen sind dem völlig egal, ihm geht's einzig darum, stets recht zu haben.

Mittlerweile hatte Rainer drei Bier in seinem Körper versenkt. Jetzt werden manche fragen, warum ich auf Rainers Bierkonsum komme. Darauf gebe ich gerne Antwort. Unser Rainer, ein ewiger Pessimist, der alles besser weiß, pflegt eine schier unfeine Leidenschaft. Welche? Na, der Kerl ist dem Alkohol zugetan. Er säuft wie ein nie endendes Loch. Und aus diesem Dilemma heraus redet er pausenlos über Themen, die nur ein Besoffener verstehen kann. Um sich dem Wortzugriff Rainers zu entziehen, begann Uwe über Fußball zu reden.

„Deuml, hast du schon gehört, der HSV hat gegen Bayern München 2:3 gewonnen."

„Macht nix", gab ich Antwort. „Beim nächsten Mal gewinnen eben die Bayern. Und …"

„Kein Wunder!", unterbrach Rainer. „Das Verlieren geschieht denen ganz recht. Die Spieler von Bayern München sind zu lahm zum Laufen. Sind ja eh alles Millionäre. Die Schlafmützen bekommen auch ihr Geld, wenn sie nicht um Titel rennen. Den Trainer hätte ich längst zum Teufel gejagt! Ich würde in diesem Saustall aufräumen, sag ich euch. Jeden in der Mannschaft, der wegen zu viel Geld das Rennen verlernt hat, würde ich zum Arbeitsamt schicken. Dort können sie auf den Knien um Hartz IV betteln."

„Uwe", sprach ich, „wie du gerade hören kannst, werden von unserem lieben Rainer die lauffaulen Fußballer durch den Kakao gezogen."

„Natürlich", konterte Rainer, „wo ich recht habe, habe ich recht. Und damit basta!"

Was für ein eigensinniger Tropf! Und besoffen war er auch noch.

„Rainer, bitte", sprach ich, „such doch nicht immer das berühmte Haar in der Suppe! Nach deiner Meinung sind alle Menschen schlecht. Oh Gott, wenn du wüsstest, wie du uns mit deiner ewigen Schwarzmalerei auf die Nerven gehst."

Unser Einwand hinterließ bei dem Berufspessimisten keinerlei bleibenden Eindruck. Im Gegenteil, der Rainer erblühte im Glanze seiner Unwichtigkeit. Doch Uwe und ich hatten das, was man Anstand nennt. Also hörten wir ihm zu. Wenn auch nur mit lauwarmem Interesse.

„Ihr Deppen!", schrie der kurz vorm Alkoholdelirium stehende Rainer. „Ihr seid unfähig zu erkennen, dass es mit unserm Land steil bergab geht."

Der Uwe und ich sahen uns verzweifelt an, denn wir wussten, dass wir heute nicht zu Wort kommen würden.

Der Rainer redete und soff, anschließend redete er munter weiter, um dann kurz darauf ein weiteres Bierchen zu vernichten. Mit dem typischen Eigensinn eines Alkoholikers redete er uns um den Verstand. Nach seiner Ansicht stirbt, wenn nicht bald was passiert, die komplette Menschengattung aus. Uwe und mir blieben nur zwei Optionen! Entweder wir lauschen weiterhin Rainers undefinierbarem Gefasel und begehen anschließend kollektiven Selbstmord oder wir lassen unsern Pessimisten mit seinem Negativgerede alleine am Tisch sitzen. Wir – also der Uwe und ich entschieden uns für die zweite Wahl. Wir beide beschlossen, dass es für unsere Psyche vorteilhafter wäre, dem Café einige Zeit fern zu bleiben.

Drei Wochen später:

Der vergangene Schock war verflogen, und Uwe und ich saßen in unserem Espresso-Eiscafé. Sinn- und planlos starrten Uwe und ich riesige Löcher in unsere Landshuter Luft. Ohne darauf vorbereitet zu sein, wankte unter heftigem Alkoholeinfluss unser Freund Rainer ums Eck. Wir staunten nicht schlecht. Uwe sagte zu mir:

„Deuml, sieh doch, unser lieber Rainer hat tatsächlich ein blaues Auge."

„Hey, Rainer", sagte ich, „sag mal, welcher begnadete Künstler hat dir das Auge so schön blau angemalt?"

Doch der gewährte uns in seinem Jetztzustand nur ein kurzes Interview.

„Das geht euch Affen gar nix an!"

„Was hat der denn?", sagte ich zu Uwe.

Aus Rainer ist nichts von dem Geschehen seines Martyriums zu erwarten. Nur einer hielt nicht dicht. Wer? Der Franco, Betreiber der Eisdiele.

„Deuml, Uwe", sagte der zu uns, „der erste Vorsitzende aller Deppen hatte im Vollrausch den Schlüssel für seine Wohnung im Flur vergessen."

„Ja und?", fragten wir.

„Ihr müsst mich schon ausreden lassen. Also, der Rainer hatte, wie schon gesagt, seinen Schlüssel in der Wohnung vergessen. Um nicht im Stadtpark zu schlafen, dachte er sich, musste er nur das Spalier zu seiner Terrasse hochklettern und schon könnte er in seinem wolligen Bett liegen. Doch so ein Kerl wie er kann eben nicht normal. Um es auf den Punkt zu bringen, er hatte den falschen Weg zu seiner Wohnung eingeschlagen. Er landete direkt im Bett der alten und bösartigen Jungfer Fräulein Erna und was die zu seiner nächtlichen Annäherung sagte, könnt ihr an seinem Auge erkennen."

17 Psycho-Samen

Sommerzeit, Wohlfühlzeit! Die Biergärten füllen sich, und in den Freibädern wird ein freier Liegeplatz zum Luxusartikel. Es wird wärmer und wärmer! Zur Freude aller Eisdielenbesitzer, die uns Sonnenanbeter mit Spaghetti-, Vanille- oder Erdbeereis verwöhnen. Und anschließend gönnt sich die Dame einen Cappuccino mit Sahnehäubchen und der Herr bekommt einen steifen Espresso. Zugezogen war Vergangenheit, für die nächsten Wochen übernimmt die Freizügigkeit das sommerliche Geschehen. Dass sich in diesen Tagen wettertechnisch was ändert, kann man auch gut an der Mode erkennen. Raus aus den verhüllenden Leggins, die Damen wollen uns Männern ihre cellulitisfreien Beine zur allgemeinen Ansicht darbieten. Wir alle sollen es sehen, dass sie trotz Weihnachtsplätzchen und Schokoosterhasen ihr geiles Aussehen für uns Männerwelt bewahrt hatten.

Die Miniröcke der Frauen werden aufgrund steigender Temperaturen und gieriger Männerblicke immer enger und kürzer, was meist dazu führt, dass die Augen der Männer immer größer, ja sogar zu Stielaugen heranwachsen. Lasziv, wie nur von Göttinnen gewohnt, stöckeln sie wie professionelle Models in waffenscheinpflichtigen High-Heels-Schlappen die Straßen rauf und runter.

Selbst blinde Bettler, die die Innenstädte zu Tausenden bevölkern, greifen eilig zum Putztuch ihrer Brille, wenn ihnen ein solcher Minirock den Weg kreuzt. Die können ja sehen!

Und schon haben die Mädels mit ihrer aufopfernden Gangart an jenen Herren ein Wunder vollbracht.

Wahrscheinlich hegt die Männerwelt nur Angst, dass die Damen wegen der zu kurz geratenen Textilien eine unangenehme Nierenbeckenentzündung erleiden.

Und die wohlbeleibten Ehefrauen mit ihrer aufreizenden Rheumatikerunterwäsche? Was denken die sich? Hass! Purer Hass und Neid steht denen ins Gesicht geschrieben.

Diese Matronen verfluchen jene Damen, die es sich leisten können, zu kurz geratene Röcke zu tragen.

Vorsicht sei allenfalls den Ehemännern geraten, denn wenn dieser leichtsinnigerweise das Muster des jeweiligen Rockes genauer zu inspizieren versucht, wird dem Hallodri von seiner Gattin unüberbrückbarer Treuebruch vorgeworfen. Genau, allein schon das Betrachten schöner Frauenbeine kann sehr ungesund werden. Wie das?

Meist endet dieser Sichtkontakt bei einem widerlichen Scheidungsanwalt und der, mein Freund, zieht Ihnen das letzte Hemd vom Körper. Bitte, um Ihrer Gesundheit einen Dienst zu erweisen, sehen Sie in Zukunft nur auf die zarten Rehleinbeine **(Hax'n)** ihrer ehrenwerten Gattin.

Merke: Nur die glückliche Liga der ewigen Junggesellen besitzt seit Urzeiten das Vorrecht, sich den halb nackten Damen zu nähern. Diese ehrenvolle Aufgabe gemäß ihres Patrons Eros verstehen jene Herren als den Inbegriff christlicher Nächstenliebe.

Genau, die Burschen tun wahrlich Sinnvolles! Mit vollem Eifer stürzen sich die Casanovas in die ihr angetragene Arbeit. Mann, würden sich all unsere Bürger genauso eifrig in die Arbeit stürzen, bräuchten wir keine Hartz-IV-Reglung. Doch so mancher dieser umtriebigen Helden erlebt bei der Aufgabe, einer vernachlässigten Frau den Orgasmus näherzubringen, seinen eigenen K.-o.-Schlag. Wie wir alle wissen oder wissen sollten, geht in heutiger Zeit befreiender Sex nur mit schützender Gummibereifung.

Was bedeutet, dass sich die frivolen Lausbuben eine Gummitüte überstülpen sollen. Zu welchem Schutz?

Na, um vor verheerenden Krankheiten gewappnet zu sein. Krankheiten wären das eine, viel schwieriger wäre das Dilemma eines Mega-GAUs, das jedem Junggesellen den Angstschweiß in die Augen treibt.

Was heißt hier Mega-Gau!

Um welche Problematik kann es sich dabei handeln?

Babys! Ich sag nur Babys.

Wegen der Krankheiten machen sich unsere Herren keine allzu großen Sorgen, dafür gibt es Medikamente.

Aber Babys! Nee, nie und nimmer!

Wir wollen uns wieder den Krankheiten zuwenden.

Die neuzeitliche Schulmedizin hat so manches auf Lager, damit das ewig tropfende Kronjuwel ins tripperfreie Terrain überwechseln darf.

Der betreffende Herr darf sich nach erfolgreicher Ansteckung mit Salben, Dragees, Tabletten und jeder Menge übelriechenden Tinkturen eindecken. So manchem haben diese Mittelchen sogar geholfen, andere wiederum haben ihren liebsten Freund durch Genitalfäulnis verloren.

Traurig? Na ja, ist alles nicht so schlimm, meinen Lümmel hab ich Gott sei Dank ja noch.

Doch das eine sei gesagt, den erotischen Jackpot verdient sich jeder, der sich beim Bumsen zu schützen weiß. Und so ein Kondom tut auch nicht weh. Das Teil gibt es in drei Größen, L, XL und XXXL. Wenn es Ihre Passform nicht geben sollte und das Ding aber wider Erwarten zu groß ausfällt, kann der Benutzer am vorderen Teil einen verkürzenden Knoten knüpfen.

Spätestens dann dürfte sich das Kondom gut an ihren kleinen Minifreund anpassen. Wenn es aber vorkommen sollte, dass der kleine Freund zu groß geraten ist – was sehr, sehr selten der Fall ist –, sollten Sie auf Sex gänzlich verzichten und sich zur Vorsicht in ein Herrenkloster begeben. An diesem andächtigen Ort wird man Ihnen beim Beten und Hosianna Singen jene Flausen über zwischenmenschliche Turnübungen ein für alle Mal austreiben. Es ist so wie bei meiner Katze, als sie kastriert wurde.

„Mein Herr", sprach der Tierarzt zu mir, „Ihr Kater wird aufgrund der OP viel ruhiger und gelassener werden. Er wird nicht mehr jagen, herumstreunen und sich schon gar nicht dem anderen Geschlecht zuwenden!"

Für die Zeitgenossen aber, die die vorgeschriebenen Zentimeter vorweisen können und vorgesorgt haben, indem sie sich mit Gummitüten ins Sexgetümmel stürzen, sollte die wohltuende Rechnung aufgehen. Denen war es vergönnt, im rosaroten Nirwana der Erotik ausgiebig umherzuwandern. Doch Vorsicht! Man darf sich auch dann nicht zu sicher fühlen!

Ich seh schon, in Ihrem Gehirn baut sich ein riesiges Fragezeichen auf.

Um nicht von den ehrenwerten Herrschaften als hoffnungsloser Egoist abgestempelt zu werden, erkläre ich allen, was sich den rostigen Casanovas als Schwierigkeiten so alles in den Weg stellen könnte.

Welche Schwierigkeiten?

Allzu freiheitsliebende Spermien, die mit einer Latexallergie ausgestattet sind.

Ein Junggeselle, der mit einer reizenden Dame eng umschlungen im Bett liegt, um mit ihr die weibliche Anatomie zu erforschen, sollte bedenken, dass es Spermien gibt, denen zuweilen paranoide Tendenzen anhaften.

Das glauben Sie nicht?

Es gibt genug Beweise darüber, was passieren kann, wenn einer blind wie ein Maulwurf kreuz und quer durch das Matratzenlager vögelt. Am Anfang ist ja alles noch recht und schön, aber wehe, es kommt zum finalen Showdown.

Wurden Sie von Ihren Eltern aufgeklärt?

Ja? Gut! Dann wissen Sie Bescheid. Also, wenn die zum Abschuss freigegebenen Spermalinge in einem sekundenschnellen Marathonlauf versuchen den Körper des Mannes zu verlassen und dabei zur Frau überwechseln wollen, kann es sein, dass so ein kleiner sadistischer Widerling unter ihnen ist. So ein ganz schwarzer Perversling unter all den weißen Engelchen. Und der macht es sich zur größten Freude, die Gummiwand des Präservativs mit aller Gewalt zu durchtrennen. Und Ihnen gibt er die Schuld, dass so manch seiner Kollegen das beengende Gefängnis aus Gummi und Latex durch einen versteckten Ausgang verlassen konnte. Ein richtig gemeiner Psycho! Angeblich wären Sie zu heftig an die Sache herangegangen und nur deshalb sei es möglich gewesen, dass der Pariser mehrere Löcher zur Flucht ins Freie bekam. Und einer der Flüchtenden ist immer unter denen, der glaubt, dazu berufen zu sein, unserem Erdball ein weiteres Baby hinzuzufügen.

Das macht diesem fiesen Burschen einen Heidenspaß, sie vor Angst schlotternd vor einem Richter stehen zu sehen. Und dieser Staatsbedienstete erklärte Ihnen, was das Wort Alimente bedeutet.

Mein Freund, Sie müssen wegen dieser einmaligen Dummheit nicht vor einen Traualtar treten, Sie bleiben weiterhin Junggeselle, aber mit immensen Problemen für das Portemonnaie. Wie das? Na, Sie müssen für die zerplatzte Gummitüte mindestens achtzehn Jahre lang für das unzüchtige Rumgehopse zahlen.

Alles nur wegen einer viertel Stunde Spaß mit einer Frau, die Sie erst seit ein paar Stunden kennen.

Toll, wirklich toll!

Ha! Und so werden aus draufgängerischen Junggesellen, deren Gehirn wegen mangelnder Blutzirkulation die weiße Fahne schwenkt, auf sehr, sehr lange Sicht brave Unterhaltszahler.

Also bitte, meine Herren, ziehen Sie sich lieber, um wirklich sicherzugehen, nicht nur ein, sondern zwei Kondome über. Sie wissen ja, dass doppelt besser poppt! Oder machen Sie es wie diese Herren, die für sich beschlossen hatten, im Zölibat zu leben. Zeigen Sie dem schnöden Sex die Rote Karte und gönnen Sie sich den nie endenden Spaß, indem Sie mit Ihrer neu gewonnenen Freundin brav und sittsam kuscheln. Das, mein Freund, macht weit mehr Spaß als das schweißtreibende Poppen. Und in den Augen der Dame werden Sie – der geborene Glückspilz – als ein ewig rein bleibender Heiliger bewundert werden.

18 Ach, die lieben Verwandten

Na, mal ganz ehrlich. Wann hatten Sie zum letzten Mal das unbeschreibliche Vergnügen ein ganzes Wochenende mit der lieben Verwandtschaft wie Tanten, Onkeln sowie Nichten und Neffen, nur um einige zu erwähnen, in trauter Zusammenkunft zu feiern? So ein familiäres Treffen ist doch sicher etwas, woran Sie ihre Freude haben werden!

Bei solchen Festlichkeiten ist es sinnlos, eine vor Wochen begonnene Diät fortzusetzen, denn wie stets üblich wird an solchen Tagen jede Menge dick machendes Zeug serviert und damit meine ich leckeren Schweinebraten, Wiener Schnitzel, Grillwürstel und Co. An diesen Tagen ist Kampffressen angesagt. Von Bier, Wein und Schnaps wollen wir gar nicht reden, denn das Servieren solcher Getränke sollte wirklich eine Selbstverständlichkeit für jeden Gastgeber sein. Und genau solch ein Wochenende des letzten Jahres wird mir für sehr lange Zeit in Erinnerung bleiben. Und damit Sie genau im Bilde sind, wie es in unserer Großsippe so abgeht, erzähle ich unsere Chronik von Anfang an. Wie schon erwähnt, war dieses Wochenendspektakel im Juli vor einem Jahr. Eines Abends, ich saß vor dem Fernseher, da schellte das Telefon. Es war meine Mutter.

„Hallo Mutter", begrüßte ich sie.

„Na, wie geht es dir und Vati? Sag schon, was ist der Grund deines Anrufes?"

„Uns geht es gut", antwortete meine Mutter, „aber ich wollte dich nur noch vorsichtshalber daran erinnern, dass nächstes Wochenende eine Firmung auf dem Familienplan steht. Du weißt doch selbst, dass

Claudia, die Tochter von Tante Adelheid, am nächsten Samstag gefirmt wird. Und wir alle sind zu jenem Fest herzlich eingeladen. Wir fahren freitags am späten Nachmittag los. Übernachten tun wir im Hause des Gastgebers. Eine Absage seitens von dir wird nicht angenommen!"

„Aber Mutti", protestierte ich,

„für das kommende Wochenende habe ich schon was vor!"

„Papperlapapp, du bist dabei, und damit basta!"

Und legt einfach auf.

So ist sie, meine Mutter, kurz und bündig. Und ich als ihr folgsamer Sohn gehorche bedingungslos. Da stand ich nun wie ein zu heiß geduschter Pudel. Dabei hatte ich mein erstes Date in diesem Jahr. Meine auserkorene Braut hieß Sandra und war eine appetitliche Sahneschnitte. Das Date mit dieser süßen Maus konnte ich mir abschminken. Ich überlegte kurz, doch dann durchströmte mich ein Geistesblitz. Was spricht eigentlich dagegen, wenn ich meinen zukünftigen Schatz einfach zu jenem Familienfest mitnehme? Bei dieser Gelegenheit lernt Sandra meine gesamte Sippschaft kennen. Ich hoffe nur das eine, dass sie mir nach diesem Wochenende weiterhin die Stange hält und nicht im Dauersprint und nach Hilfe schreiend das Weite sucht. Fünf Tage später und ich habe es geschafft, meine zukünftige Freundin zu jenem Treffen zu überreden. Es war soweit wir standen frisch gebügelt und gekämmt am vereinbarten Treffpunkt.

Beim Heranfahren des Fahrzeugs meines Vater überkamen mich erste Zweifel. Und ich sollte recht behalten. Das Auto meiner Eltern war über und über mit Geschenken vollgestopft. Wie durch ein Wunder schafften wir es auf den hinteren Sitzflächen einigermaßen Platz für Zwei zu finden. Wenn einer von uns nur ein Streichholz mehr in seinen Taschen gehabt hätte, hätten wir die Autotür von innen her zubinden müssen. Die Fahrt war wie zu erwarten ein Desaster. Mal musste Sandra aufs Klo und das andere Mal meine Mutter. In solch Situationen sind sich alle Frauen einig, wenn die eine urplötzlich ein Bäumchen begießen musste, dann dauerte es nicht all zulange und auch die Zweite sah sich nach einem geeigneten Ort für ihr Geschäft um. Ein ander Mal war es im Fahrzeuginneren zu warm, dann wieder zu kalt. Und so wurde im Laufe der Reise das Fenster mindestens fünfzehn Mal rauf und wieder runter gekurbelt. Kurz vorm Ziel sprach mein Vater zu den beiden Damen:

„Na, wenn jemand von Euch Hübschen das Bedürfnis hat, ein weiteres Mal aufs Klo zu gehen, dort drüben ist das letzte Waldstück, bevor wir bei Tante Adelheid angekommen sind!"

(Der Humor meines Vaters ist nicht zu schlagen!)
Endlich am Zielort! Der Hof von Tante Adelheid und Onkel Friedrich war bis auf den letzten Platz belegt. Nur mit Mühe fanden wir ein freies Plätzchen.

„Es fängt ja schon gut an", dachte ich mir,
„wenn ich richtig liege, ist in diesem Haus der Teufel los!"

Und ich sollte mit meiner Vorahnung Recht behalten. Beim Betreten des Gebäudes hörte man sie, die unzählig verzweifelten Erwachsenen mit ihrer Schar lärmender Kinder. Kein Wunder, denn in unserer Sippschaft ist es seit jeher ungeschriebenes Gesetz den Nachwuchs mit antiautoritären Erziehungsmethoden zu erziehen. Lieber riskieren die Alten einen totalen Nervenzusammenbruch! Ich sag Euch was, wenn ich eines Tages Kinder haben sollte, werde ich nur einen schrillen Pfiff tätigen und schon müssten die Lauser ehrfürchtig wie frische Rekruten vor mir stehen! Ich würde keinesfalls zu geizig bei der Vergabe wie Hausarrest, niedere Strafarbeiten und sonstigen Strafmaßnahmen sein. Jedoch diese nervigen Bälger gehören meiner Verwandtschaft und nicht mir! Schade! Bei unserem Anblick begannen die Kinder einen Freudenschrei:

„Hui, Oma, Opa und Onkel Robert sind hier!"

Eigentlich waren meine Eltern viel wichtiger als ich, denn von ihnen gab es immer reichlich Taschengeld. Jeder begrüßt jeden und jeder wird geküsst und fest an sich gedrückt. An eifrigsten küsste Urgroßvater, der alte Casanova, meine Sandra. Ohne seinen Blick von Sandra zu lassen sprach er zu mir:

„Ei, ei, ei, wer ischt das schöne Mädle, das du im Arm hast?"

Und bei dieser Gelegenheit wanderte seine Hand auf Sandras Knie.

„Halt!", rief Uroma.

„Lass bloß deine Pfoten von dem Kind, du alter Saubär!"

„Abe Oma, i woll doch nur Gute Tag sage!"

Darauf meinte die Urgroßmutter:

„Ja ja, dein Guten Tag sagen kenn' ich schon, deswegen hast du drei Kinder von jeweils drei Frauen!"

Erst als Omilein ihren Großvater in die rechten Schranken gewiesen hatte, konnte Sandra wieder ruhig durchatmen und mir ganz nebenbei einen sehr bissigen Blick zuwerfen. Und ich einsamer Narr hatte dieses Wochenende so gut verplant. Ich wollte mit Sandra bei mir Zuhause ein intimes Fest mit Sekt und noblem Diner feiern und anschließend meinen Schatz zu unserem ersten Sex überreden. Und was tue ich, ich häng' hier mit der buckligen Verwandtschaft herum. Ich dachte mir verzweifelt: „Was für ein jämmerlicher Ersatz!"

Als jeder begrüßt war, rief Tante Adelheid: „Hallo meine Lieben, kommt an den Tisch! Es gibt Kaffee und Kuchen."

Sie hatte das letzte Wort noch nicht zu Ende gesprochen, da begannen alle wie eine wild gewordene afrikanische Zebraherde in den Salon zu laufen. Und ich war wie so oft Letzter. Vielleicht hat meine Mutter doch Recht mit ihrer Aussage, ich sei ein schwerfälliger Langweiler. Noch bevor ich mich an der Kuchentheke bedienen konnte, griff meine Sandra um einiges schneller zu. Mein Schatz gönnte sich zwei Kuchenstücke und wie es sich sogleich herausstellte, waren es die letzten. Und ich konnte mir gedanklich eine auf's Maul hauen. Das war sicher die Rache meiner Liebsten, für mich für das verdorbene Wochenende. Was sollte ich tun? Also ergab ich mich meinem Schicksal und begnügte mich mit einer Tasse Kaffee. Den anderen beim Schlemmen zuzuschauen war mir eine wahre Qual. Meine Verwandtschaft legte sich mächtig ins Zeug, die schmatzten wie ein randvoller Schweinestall. Und zum Schluss rülpsten sie, dass das Geschirr auf dem Tisch sehr heftig zu wackeln begann. Natürlich war dies völlig übertrieben, ich war einfach zu hungrig und sauer obendrein. Meine Sandra hatte ihren Spaß, denn sie verstand sich mittlerweile hervorragend mit meiner Mutter. Die Beiden duzten sich zu meiner Überraschung. Sandra fügte sich im Eiltempo in meine Familie ein. Ich denke Mal, das wird was Festes mit Sandra und mir. Jeder im Raum unterhielt sich, was seine Stimmbänder hergaben. Als die Stimmung immer lauter wurde, kam meine zweijährige Nichte Marion, das zickigste Luder von allen, zu mir und setzte sich selbstbewusst auf meinen Schoss. Die Göre wollte unbedingt, dass ich Pferdchen hüh mit ihr spielte. Und ich gutmütiger Narr erfüllte ihr diesen Wunsch. Doch dann passierte das Unglück. Marion, die nervige Mistkröte, hüpfte auf mir rum als sei ich ein Trampolin. Und genau dieses Springen ließ ihre vor Stunden zu sich genommene Nahrung sehr unruhig werden und bevor ich mich versah, kotzte mir das kleine Ungeheuer Marion - ohne mich vorzuwarnen - auf die nagelneue Anzughose. Bitte haben Sie Verständnis für meine Wut. Man entschuldige mir auch die unanständigen Namen, die ich der Kleinen gab. Aber, es war die einzige Hose, die ich bei mir hatte. Von edlem Anthrazitschwarz war nun nichts mehr zu erkennen. Ich vermute die Kleine hatte Pizza oder Spaghetti gegessen. Was aber das Fass zum Überlaufen brachte, war die Reaktion von meiner Nichte. Sie, die nun um mindestens zwei Kilo leichter war, rannte von mir davon und begann wie ein hysterischer Säugling lautstark zu weinen. Dabei war ich es doch der letztlich heulen sollte, ich war ja der, der bekotzt wurde und nicht sie! Wütend wie ich nun war rief ich in die Menge:

„Seht her, ich kann nach Hause fahren! Oder soll ich morgen früh mit vollgekotzter Hose in der Kirche stehen? Verdammt, ich hab doch nur diese eine dabei!"

Auf großes Verständnis konnte ich bei meiner Sippe nicht hoffen, im Gegenteil, diese winkte belustigt ab. Manche meinten, ich solle doch nicht gar so empfindlich sein!

„Na gut", antwortete ich, „wenn es den ehrenwerten Herrschaften nichts ausmacht, dann werde ich morgen in Unterhosen der Messe beiwohnen. Das wird sicher interessant, was der anwesende Pfarrer und all die anderen zu meinem einzigartigen Outfit sagen werden!"

Nur einer hatte Mitleid mit mir, mein Onkel Friedrich!

„Keine Angst", sprach dieser, „du bekommst eine Hose von mir. Wir sind ja fast gleich groß, die wird dir schon passen."

Mein Onkel hatte wirklich eine farblich passende Hose für mich.

Nur eines störte mich: Onkel Friedrich und ich hatten zwar dieselbe Länge, nur an der Größe haperte es gewaltig. Ich, mit meinen achtundsechzig Kilogramm musste eine Hose tragen, deren eigentlicher Besitzer mindestens zwanzig Kilo mehr als ich auf die Waage brachte. Bei näherer Betrachtung war es für mich keine Hose, oh nein, für mich war es ein Familienzelt, in dem ich gut und gerne übernachten hätte können. Welch jämmerlicher Anblick! Nur den anderen schien es zu gefallen. Meine Sandra hatte die meiste Freude von allen. Mein zukünftiger Schatz stand kurz davor sich lachend auf den Boden zu werfen und sich wiehernd im Staube hin- und herzu wälzen. Nun, ich finde es toll, wenn ein Kerl seine Braut so leicht zum Lachen bringt. So was festigt jede Beziehung, finden Sie nicht auch? Später, man hatte mich mittlerweile vergessen, wurde es sportlich. Sportlich, damit meine ich, die anwesenden Gäste hatten nun die Möglichkeit das Tanzbein zu schwingen. Sandra hatte von allen den meisten Spaß, sie tanzte mit allen und jedem. Nur ich traute mich nicht an diesem Vergnügen teilzunehmen, denn mit meiner übergroßen Schlabberhose hatte ich Höllenangst gehabt, dass ich wie ein Papierdrache an einem Herbststurm durch den Raum geflattert wäre. Aber meiner Liebsten zuzusehen, wie sie sich rhythmisch und lasziv zur Musik bewegt, war eine wahre Freude. Dieser leckere Appetithappen in ihrem viel zu knappen Kostüm sieht einfach zum Anbeißen aus! Jawohl meine Herrschaften, bei diesem scharfen Anblick wurde ich geil, geiler noch als eine frisch verschluckte Viagratablette. Dank Sandras Bewegungsfreude bekam ich das, was man in der Gossensprache gerne einen Steifen nennt und die viel zu groß geratene Hose von Onkel Friedrich passte nun wie für mich gemacht. Eine Stunde später! Mein steifer Freund ahnte wohl, dass es in diesem Augenblick für ihn nichts zu holen gab und so verkroch er sich schmollend in das hinterste Eck meiner Unterhose. Da rief Tante Adelheid in die vergnügte Menge:

„Alles mal herhören. In fünf Minuten wird das Essen serviert."

Man muss wohl nicht erwähnen, was die Worte meiner Tante bei den meisten bewirkte. Wie die biblischen Heuschrecken stürzten sich alle in das Esszimmer. Nur war ich diesmal schlauer und lief allen voran. Erst als alle saßen, wurde aufgetischt. Zuerst gab es eine wahrhaft wohlduftende Kürbiskernsuppe.

Meine Lieblingssuppe!

Jeder schöpfte sich eine volle Kelle auf seinen Teller. Als jedoch unser Don Juan, unser Urgroßvater, an der Reihe war sich den Teller zu füllen passierte das, was nur in exquisiten Komikfilmen zu sehen ist. Der alte Tattergreis stellte sich wieder wie ein kleines Kind an. Zuerst verschüttete er die Suppe auf der geblümten Tischdecke, doch dies war noch zu verzeihen. Aber als er zum Verdruss aller auch noch seine Zahnprothese in die Suppenterrine plumpsen ließ, war unsere Liebe zu ihm grenzenlos!

Es war auch zu nett, wie er und Uroma mit den Fingern in der Suppe herumfingerten, bis er seine Beißerchen wiederfand. Nach diesem Stunt war jedem im Raum klar: Suppe ist bis auf Weiteres passé! Wenigstens bekam ich diesmal etwas vom Hauptgang, auch wenn Schweinelendchen mit Nudeln meine Geschmacksnerven keinesfalls zu heftigen Jubelschreien animieren. Nach dem Abendessen täuschte ich bei meiner Sandra eine aufkommende Müdigkeit vor. Natürlich war dies eine fiese Lüge von mir. In Wirklichkeit dachte ich mir im Geheimen dass, wenn ich Sandra von meiner Müdigkeit überzeuge, sie mit mir aufs Zimmer geht, um zu schlafen. Dann, wenn wir erst Mal zusammen im Bett liegen kann, ich immer noch behaupten, dass mein Erschöpfungszustand vorüber ist und ich für ein schweinisches Abenteuer gerne zur Verfügung stehe. Mann, hab' ich mich mit meinem Vorhaben getäuscht!

„Aber Robert", sprach Sandra zu mir, „wenn du müde bist, dann geh' doch nach oben und leg dich hin. Ich bleib' noch bei deinen Leuten, es ist gerade zu schön hier unten, als jetzt schon zu schlafen!"

„Ein schlechter Witz!", dachte ich mir. Dabei hatte ich ganz was anderes vor, als nur zu schlafen. Jetzt stellte sich für mich die Frage: lege ich mich hin und vergnüge mich mit mir selber oder warte ich darauf, dass Sandra erschöpft in unser Bett fällt und sofort einschläft. Dann hab' ich sie zwar dort, wo ich sie einst haben wollte, aber was half's, in diesem Fall war ich auch nicht besser dran als wie jetzt! Deprimiert begab ich mich alleine in unser Zimmer und überließ Sandra weiterhin ihrem Spaß. Ich denke mal, Uropa wird bei diesem Gedanken feuchte Augen bekommen. Der lüsterne Bock wird sicher erneut versuchen sich an Sandras Knie zu erwärmen. Sie ist selbst Schuld, ich hatte ihr ja zuvor angeboten, mich auf's Zimmer zu begleiten. Am nächsten Morgen, so gegen acht Uhr, erwachte ich zu meiner Verwunderung alleine in meinem Bett. Als Erstes fragte ich mich:
„Wo in Gottes Namen ist Sandra abgeblieben? Mein Schatz wird sich doch nicht von Uropa überreden lassen haben, bei ihm zu übernachten! Dies würde dem alten Speckjäger **(Casanova)** so passen, auf seine alten Tage noch ein flottes Abenteuer mit einem Teenager zu feiern. Wie ich den alten Herrn kenne, läuft ihm bei diesem Gedanken der Sabber aus dem Mund."
Das war natürlich nur Spaß von mir, man sollte meine Worte nicht allzu ernst nehmen. Doch es kam ganz anders als vermutet. Es klopfte an die Tür und als ich bat einzutreten, schaute meine Mutter ins Zimmer und sprach zu mir:
„Na mein Junge hast du gut geschlafen?"
„Ja", sagte ich.
„Aber wo ist Sandra, wo habt Ihr sie untergebracht?

Doch wohl nicht bei Uropa."
Und lächelte.

„Oh nein", beruhigte mich Mutter,
„dein Schatz hat bei mir und Vati geschlafen. Jetzt
aber steh' auf, wir alle warten schon am Frühstückstisch auf dich!"
Erst jetzt war ich beruhigt, was Sandra angeht. Später dann, in der Kirche! Alles wartete gespannt auf
die kommende Zeremonie. Ich muss wohl allen erklären, dass ich nicht gerade ein eifriger Kirchgän-
ger bin, aber wenn man von Mutter zu jenem Fest
gezwungen wird, ist jede Gegenwehr zwecklos. Ich
saß in der Reihe mit den Meinigen und ließ das Geschehen ohne großer Emotionen über mich ergehen.
Aber was sagte ich „ohne Emotion"! Oh nein, das
wurde nichts, denn ohne triftigen Grund und ohne
Vorwarnung fing in der Sitzreihe vor mir das Baby
meiner älteren Nichte Emmi aus heiterem Himmel
zu schreien an. So sehr sich die Eltern um das
schreiende Kinder bemühten, umso mehr schrie dieser lästige Balg. Mir sollte es recht sein, denn, was
sich vorne am Altar abspielt, interessiert mich eh'
nur bedingt. Aber mein Tinnitus pfiff mörderische
Opernarien. Endlich, der kleine Fratz beruhigte sich
zusehends, war auch kein Wunder, denn seine
Mutter ließ sich erweichen und gab ihrem Kind die
Brust. Wir alle, bevorzugt Männer, sahen gespannt
zu, wie sich der Kleine den Bauch vollschlägt. Ich
denke Mal, dass einige Herrn auf das Baby neidisch
waren. Gott sei Dank hatte unser Urgroßvater nichts
von alledem mitbekommen. Denn wie ich den kenne, hätte der sich mit großer Wahrscheinlichkeit die
andere freie Brust zum Spielen geschnappt. Es wurde ruhig, viel zu ruhig. Der Pfarrer leierte seine

Messe mit der Leidenschaft einer chloroformierten Nacktschnecke herunter.

Jeder kämpfte mit der Langeweile und der Müdigkeit. Manch einer schnarchte lauter als der Pfarrer predigte. Um mich nicht den Schläfern anzuschließen, begann ich unmoralisches Zeug mit meiner Sandra zu träumen. Ich stellte sie mir in allen Facetten vor, wie diese Honigschnecke außerhalb ihrer fast durchsichtigen Textilien aussah. Und schon wieder passte mir dank Sandras Anatomie Onkel Friedrichs Hose. Ansonsten kam mir der Kirchgang wie eine Strafe Gottes vor. Irgendwann wird auch der langweiligste Pfarrer mit seiner segensreichen Darbietung fertig. Sein letztes Wort Amen erlöste uns alle vor dem drohenden Komaschlaf. Jetzt erst atmete ich etwas, was sich Zufriedenheit nennt. Geschlossen wanderten wir nach der Messe zu Tante Adelheids Domizil, denn dort erwartete uns ein üppiges Buffet mit allen nur erdenklichen Raffinessen. Meine Verwandtschaft stürzte sich auf die erlesenen Delikatessen so wie damals die ausgehungerten Löwen des antiken Roms auf die ersten Christen. Es erwartete uns eine Überraschung, auch wenn darüber keiner wirklich froh zu sein schien. Unser Urgroßvater, der Held, ist wiedermal dabei den Vogel abzuschießen. Gerade als die Ersten von uns ihren ersten Bissen in den Mund schieben wollten, begann dieser unverständlich zu nuscheln:

„Keine Angscht ihr Lieben, dieschmal hab isch vorgsorgt. Dieschmal fallen mir die Sähne nischt in die Supp, grosches Ehrenwort!"

Und ob Sie es glauben oder nicht, der Kerl hatte doch tatsächlich seine Zahnprothese in der Hand und hob das eklige Ding gut sichtbar und zur Freu-

de aller am Tisch sitzenden Gäste in die Höhe. Ich glaube sogar, dass er sehr stolz auf diese Tat war. Sein ungebührliches Verhalten war für manchen von uns das Zeichen gerade jetzt mit einer schonungslosen Diät zu beginnen. Und wieder hat es der alte Herr geschafft, allen den Appetit zu rauben. Ab jetzt wollten die meisten von uns nur noch das eine, ganz, ganz schnell nach Hause! Zum Abschied bedankten wir uns bei Tante Adelheid und ihrem Gatten Onkel Friedrich. Dann wandten wir uns an den Rest der Sippschaft, wir umarmten und verabschiedeten uns mit der untertriebenen Lüge:
„Na ihr Lieben, es war doch wirklich trotz kleinerer Patzer ein schönes Wochenende, findet Ihr nicht!"
Mit einem Affenzahn fuhren wir Richtung Heimat. Jeder von uns hatte seine Schnauze von Familie, Verwandten und sonstigen Katastrophen bis rauf zu den Ohren voll. Nur die üblichen Pinkelpausen, produziert von meiner Mutter und der Sandra, störten unseren Heimweg. Aber das sind Männer auf Familienreisen gewohnt. Dann, endlich wir hatten es geschafft, wir waren daheim. Was gibt es Schöneres als heimatliche Luft zu schnappen! Keine lästige Familie, kein überdrehter Urgroßvater, der mit seinen Zähnen vor unseren Augen herum jongliert. Ich versprach meiner Sandra sie nach Hause zu fahren. Eher schüchtern fragte ich meinen Schatz:
„Sandra, wenn es dir nicht zu viele Unannehmlichkeiten bereitet, würde ich zu gerne auf eine Tasse Kaffee mit raufkommen."
„Aber gerne", bekam ich zur Antwort.
„Du darfst mich gerne begleiten, vorausgesetzt, du verhältst dich schön brav!"
Wie der geborene Gentleman versprach ich, ihr

131

nichts zu tun, für das ich mich schämen müsste. **(Tierischer Sex gehört meines Erachtens nicht zu jenem Gelübde, denn was die gesamte Menschheit mit heftiger Leidenschaft praktiziert, kann doch unmöglich eine Sünde sein!)** Als wir gemeinsam auf der Couch saßen, fragte mich Sandra:

„Willst du Kaffee oder lieber ein Bier?"

Sie ahnte wohl mein Vorhaben, ich wollte um jeden Preis ihre Unterwäsche sehen.

„Bier", sagte ich.

Wie eine Männerfressende Amazone wackelte Sandra mit ihrem delikaten Hintern zur Küche. Bei dieser Gelegenheit versuchten sich meine Hosenknöpfe von dem einengenden Textil zu befreien. Mit zwei Flaschen Bier nahm mein Schatz neben mir Platz. Ganz sachte, mit einem verträumten Blick flüsterte mir Sandra ins Ohr:

„Mann, sag mal, wann willst du mich fragen, ob ich mit dir gehen will?"

„Na, was soll ich glauben", stammelte ich völlig gaga.

„Willst du mit mir gehen oder nicht?"

„Nein", sagte sie,

„ich werde dich heiraten. Deine Mutter ist dafür und dein Vater teilt seit jeher die Meinung seiner Frau. Und noch was möchte ich dir sagen, ich habe eine Überraschung für dich."

Ich bekam feuchte Augen. Ich hoffte, dass mich meine Sandra in ihr Schlafzimmer führen würde. Doch ihr nächster Satz ließ Eiswürfel regnen.

„Am kommenden Wochenende haben meine Eltern beschlossen, dich sowie deine Eltern wegen einer Familienzusammenführung einzuladen."

„Oh nein", rief ich ihr entgegen.

„Solch ein Wochenende kein zweites Mal!"
Widerwillig willigte ich zu einem weiteren Höllen-
fest ein. Was tut man nicht alles für die Liebe! Erst
in diesem Moment, wo wir beinahe vor dem Traualtar standen legte ich meinen Arm um Sandras
Schultern.
Ich wollte mich unbedingt an ihren Busen heranar-
beiten.
„Halt", bremste Sandra meine Absicht.
Noch ahnte ich nichts von meiner Hiobsbotschaft,
die mir Sandra offenbarte.
„Nicht so schnell, mein Liebster, noch sind wir
nicht verheiratet! Ich will dir keine falsche Hoffnun-
gen machen, aber erst wenn wir ein legitimes Paar
sind, werde ich mich dir voll und ganz hingeben.
Und bis dahin bleibt Sex tabu! Ich bin eine von der
romantischen Liga. Erst wenn wir einen gültigen
Trauschein in den Händen halten, gebe ich meinen
Widerstand auf. Aber bis dahin bleibe ich eine eiserne Jungfrau!"
„Hurra", dachte ich mir, da habe ich eine bildhüb-
sche Frau vor mir und was verlangt diese von mir?
Ich solle bis zur Hochzeit ausharren! Erst dann darf
ich nachsehen, welche Farbe Sandras Tangahöschen
hat. Da kann man nichts machen! Ich muss ihren
Willen respektieren. **(Aber ehrlich, ich würde
meinen zukünftigen Schatz liebend gerne zur
Vernunft würgen!)**

19 Der Hustensaft

Die moderne Medizin hat für alle körperlichen Ungereimtheiten ein heilendes Medikament parat. Jede Pille, Salbe oder Dragee plagt die Menschen. Das Zeug ist nur dazu da den Herrn Medizinern zu unglaublichem Reichtum zu verhelfen, auch wenn es sich dabei um ein heftig umstrittenes Chemieprodukt handelt. Heftig umstritten deshalb, weil sich Schulmedizin und alternative Heilpraktik seit ewigen Zeiten auf das Heftigste bekämpfen. Hat der Herr Kopfschmerzen, rührt es sicher daher, dass dieser Wicht eine durchzechte Nacht mit unehrbaren Frauen hinter sich hatte. Von der geschluckten Menge an Alkohol mal abgesehen, diese Herrschaften konnten mit dem, was sie in sich rein becherten, gut und gerne die Wüste Sahara bepflanzen! Und was tun Ärzte bei solch verheerenden Diagnosen? Diese weiß betuchten Götter geben diesen abgestürzten Kreaturen ein Aspirin! Wie durch ein Wunder haben sich Kopfschmerzen sowie Skrupel vor einer weiteren Orgie in Luft aufgelöst. Aber fragen Sie mal eine fürsorgende Ehefrau! Die wird Ihnen ein viel wirksameres Mittel - in Form eines Gürtels oder eines Nudelholzes - verraten. Durch diese heilsame und vorbeugende Kneippkur werden selbst notorische Partygänger lammfromm.

Quälten einen böse Zahnschmerzen, nahm ein Zahnmediziner erfahrungsgemäß die Zange oder den allseits beliebten Bohrer und anschließend bekam der Gemarterte eine Tablette, damit sich der geschundene Kiefer von alledem erholen konnte. Fragt man aber einen Alternativen, wird der einem Zahnpasta und Zahnbürste als wirksame Therapie empfehlen.

Bei hohem Fieber (38,5°) kann nach einheitlicher Meinung der vorherrschenden Medizin nur ein akademisch geschulter Arzt die Leiden des Patienten lindern. Wenn das versagen sollte, hilft ein eilig herbeigerufener Pfarrer. Dabei wäre es sinnvoller gewesen, man hätte der Dahinsiechenden verboten, den Brief vom Finanzamt zu öffnen. Glauben Sie mir, wie schnell der sich von seinem ersten Schrecken über eine bevorstehende Steuerprüfung erholen wird! Nun wissen Sie Bescheid: Für alle Beschwerden gibt es auch ein natürliches Mittel zur Linderung! Sie müssen nicht immer den Arzt konsultieren - so ein Raffgeier kostet eine horrende Geldsumme! Und der heilsame Nutzen bleibt meistens aus! Jetzt werden sich einige von Ihnen fragen: „Warum braucht der Mensch ärztlichen Beistand? Dies kann ich Ihnen gerne erklären. Nur ein anerkannter Arzt kann mich krank und aus diesem Grunde arbeitsunfähig schreiben.

Aber bitte, eine interessante Geschichte möchte ich Ihnen nicht vorenthalten.

Ich traf zufällig meinen alten Kumpel Johann. Zuerst freute ich mich, meinen Saufkumpanen aus vergangenen Zeiten wiederzusehen. Doch beim näheren Hinsehen fiel mir Johanns ungesunde Gesichtsfarbe auf. Der arme Kerl sah jämmerlich, ja mehr noch - er sah zum Kotzen aus! Mit der einen Hand hielt sich Johann seinen Mund zu, mit der anderen rieb er sich die Magengegend. Ich sprach zu meinem Freund:

„Mein Gott Johann, du siehst ja furchtbar aus, was fehlt dir denn?"

Recht zaghaft gab er mir zur Antwort: „Ach Deuml,

wenn du wüsstest!"

„Was?", bohrte ich nach, „wenn ich wüsste, na sag schon!"

„Deuml, ich war wegen meines chronischen Hustens beim Arzt. Doch was der mir als Medizin verschrieben hatte, taugte überhaupt nichts!"

„Na, was sagte ich über Ärzte? Die denken doch nur ans Geld."

Mein Freund redete weiter: „Mein Husten hätte mich beinahe unter die Erde gebracht, aber meine liebe Großmutter gab mir ein viel effektiveres Mittel als der Doktor!"

„Von welchem Mittel sprichst du?", wollte ich neugierig wissen.

„Meine Oma gab mir ein stark wirkendes Abführmittel!"

„Wie?", sagte ich, „habe ich richtig gehört, Abführmittel gegen Husten? Das kann doch nicht der Ernst deiner Oma sein!"

„Aber ja doch, das hilft wirklich", antwortete mein Freund.

„Mann, hör mir zu, was ich dir zu sagen habe. Mein Freund, versuch du mal mit Durchfall zu husten!"

Ich überlegte kurz und kam zu einem Entschluss.

„Vor soviel Weisheit muss ich vor deiner Oma meinen Hut ziehen! Einen Durchfall mit einem Abführmittel zu bekämpfen war in meinen Augen grandios!"

20 Der stressfreie Spaziergang

Lieber Leser, es gibt außer Faultieren noch viel faulere Lebewesen auf diesem Planeten. Tausend pro! Nehmen wir mal jenen Typen, der hier die Geschichte erzählt. Dieser Kerl mit dem Namen Deuml hatte zwei endlos lange Jahre über diesen Zeilen verbracht.

Zweimal die Woche, jeweils fünf lange Minuten lang, quälte er sich am Computer einen ab. Ihm allein gebührt der Titel das „bewegungsfeindlichste Aas unter dem Firmament" zu sein. Aber an zweiter Stelle kommen unsere gefiederten Freunde. Um welche Tiere handelt es sich? Na, ich nenne diese verschissenen Viecher Tauben. Manche von denen sind so faul und fett, dass es ihnen Probleme bereitet, durch die Lüfte zu fliegen.

Ich kenne ein solches Unikum. Es ist das beste Beispiel dafür, wie grenzenlos dekadent überfressenes Federvieh sein kann. Bei dieser von mir erzählten Geschichte handelt es sich um zwei unserer heimatlichen Stadttauben. Die eine, nennen wir sie Gundula, lebt mitten in unserer niederbayrischen Hauptstadt Landshut, während die Zweite, sie heißt Emmi, hoch oben auf unserem Burgberg wohnt.

Die Beiden trafen sich eines schönen Tages rein zufällig in der Innenstadt und wie zwei mitteilungsbedürftige Tauben nun mal sind, hatten sie sich eine Menge zu erzählen.

„Hallo Gundula, du alte Schnepfe, dich hab ich eine Ewigkeit nicht mehr gesehen! Los, erzähl schon, wie geht es dir so?"

„Emmi, du Monsterbaby, es freut auch mich, dich wohlauf in der Stadt zu sehen. Mir geht es sehr gut.

Ich hoffe doch sehr, dass du dasselbe von dir behaupten kannst!"

Das lustige Taubenpärchen freute sich so über sein Wiedersehen, dass es vor lauter Übermut freudig durch die Luft sprang.

„Ach Gundula, es ist traurig, dass wir uns so selten sehen. Wie oft hab ich an dich gedacht, aber die Entfernung ist für ein ständiges Treffen einfach zu weit! Du kennst mich doch, ich flieg halt nicht so gern, das ist mir viel zu anstrengend!"

„Aber Emmi, ich kenn dich zu gut! Jeder weiß doch ganz genau, dass du die faulste Schlampe unter uns Tauben bist. Deine Ausrede kannst du dir unter die Daunen schmieren. Ach du Arme, das Fliegen strengt zu sehr an, du würdest bloß einiges von deinem Übergewicht verlieren. Stimmt´s?", sprach Gundula lachend zu ihrer Freundin.

Die beiden Tauben tippelten gemütlich durch die belebte Innenstadt. Bei dieser Gelegenheit ließen sie sich von den menschlichen Passanten leckere Brotkrumen als willkommenen Nachmittagsimbiss zuwerfen.

Manchmal, wenn es die Situation erlaubte, flirteten die Freundinnen heftig mit den attraktiven Taubenmännern. Dann flüsterten sie sich ins Ohr:

„Schau mal, der gut aussehende Kerl dort, wie der gurrend durch die Stadt stolziert und sieh dir bloß seinen geilen Kropf an! Hach, den hätte ich zu gerne als Vater meiner zukünftigen Kinder!"

Natürlich bekam dieser Taubengigolo das Gespräch der beiden Damen aus einiger Entfernung mit, was ihn dazu veranlasste, noch stolzer an den verzückten Damen vorbeizustolzieren. Mit selbstverliebter Manier ließ er seinen aufreizenden Kropf bis zur

Schmerzgrenze anschwellen.

Nachdem unserer Taube Emmi das unaufhörliche Balzverhalten jenes gut aussehenden Tauberichs zu aufdringlich geworden war, sprach sie zu dem Schönling im weißen Federanzug:

„Mein Herr, ich fürchte, ich muss Sie enttäuschen, Sie können mir ruhig was vorbalzen, meinetwegen bis zum bitteren Umfallen. Aber das eine kann ich Ihnen versprechen, für ein schnelles Techtelmechtel bin ich nicht zu haben, da läuft nix!

Ihr Frauenhelden macht uns Damen schöne Augen, und nachdem ihr es mit uns getrieben habt, seid ihr Hallodris weit über alle Berge. Und wir, wir können uns ganz allein um alles wie Nestbau und die Kraft aufreibende Aufzucht unserer Kinder kümmern. Mir ist eine ordentliche Mahlzeit lieber als schnöder Sex!“

Mit derart viel Selbstbewusstsein hatte der Taubenmann nicht gerechnet. Aufgrund der niederschmetternden Aussage dieser allzu frechen Dame hob er seinem Schnabel mit stolzem Elan noch höher und marschierte sehr hoheitsvoll weiter, um es bei einer anderen Dame erneut zu versuchen.

„Emmi, dem Kerl hast du es gegeben, der träumt diese Nacht sicher nicht von dir!“

"Gundula, wenn diese schön gefiederten Herrn glauben, dass ich, weil ich nicht in eurer Stadt wohne, leicht zu haben sei, haben sie sich gehörig geirrt! Ich hab mit diesen Schönlingen so meine Erfahrungen gesammelt, weißt du! Schon dreimal bekam ich dummes Huhn ein Nest voller Eier, die ich dann mutterseelenallein großziehen durfte. Lieber fang ich eine untypische Liaison mit einer vogelfressenden Katze an, als dass ich noch mal so doof bin und mich ein weiteres Mal verführen lasse!"

„Emmi, du hast ja so Recht, aber lassen wir das doofe Thema Männer. Komm, lass uns lieber Spaß haben! Sag mal woher hast du diesen schönen eleganten Ring an deinem Fuß her?"

"Gell, das möchtest du wohl gerne wissen!", sprach Emmi.

„Ok, dir sag ich´s. Diesen überaus wertvollen und edlen 585er Aluminiumring hab ich noch aus der Zeit, als ich im Dienst der Menschheit gestanden bin. Für diese dekadente Tiergattung, die sich selbstherrlich Herr über alles bezeichnet, durfte ich einige Tausend Kilometer Botenflüge absolvieren. Und dieser edle Ring war so gesehen meine Personalakte. Nun bin ich aber, wie du ja weißt, im wohlverdienten Ruhestand und kann mein Leben in vollen Zügen genießen, selbst wenn du mich dafür zu einer faulen und fetten Schlampe erklärst!"

Und als der Tag sich langsam zum Ende neigte, hieß es für unsere lustigen Täubchen allmählich an den Abschied zu denken.

„So, meine liebe Emmi, wir müssen uns langsam trennen, bevor uns die stockfinstere Nacht einholt und du nicht mehr nach Hause findest.

Dann bleibt dir gar nichts anderes übrig als bei einem der vielen schönen Taubenmänner zu übernachten. Und was das bedeutet, brauch ich dir ja wohl nicht zu erklären. Dann, meine Liebe, hast du das weitere Glück ein viertes Mal Kinder großzuziehen! Hi, hi, hi!"

„Gundula, du bist ein verkommenes Miststück! Ich wieder schwanger werden, nee, nie und nimmer. Dann kann ich ja gleich wieder bei den Menschen zu arbeiten anfangen!"

Nachdem sich der Spaßvogel Gundula von ihrem Lachen erholt hatte, sprach sie kichernd zu ihrer Freundin:

"Liebe Emmi, bevor wir Zwei wieder drei Monate warten, bis wir uns wiedersehen, mache ich dir einen tollen Vorschlag: wir können uns doch jeden Samstag in der Stadt treffen! Na was sagst du dazu!"

"Aber ja doch, das wird ein Höllenspaß werden mit uns beiden Hübschen!"

Nachdem sie sich voneinander verabschiedet hatten, erhob sich die etwas schwergewichtige Burgbergtaube Emmi in die Luft.

Sie wollte noch rechtzeitig vor der herannahenden Dunkelheit zu Hause sein. Gundula aber, das unkeusche Ding, machte einem zufällig vorbeikommenden Täuberich ein eindeutiges Angebot für eine gemeinsame Nacht und beide verschwanden in einer dunklen Dachnische. Hier wollten die Zwei in gegenseitiger Fummelei die frivole Taubenanatomie erforschen. Diese Gundula, die hat es einfach gut! Überall nur schöne Männer und diese waren nur auf das Eine aus und zwar, auf das was sich unter den Daunenfedern dieser lasterhaften Dame befand. Die einsame Taube Emmi hingegen musste sich damit begnügen, dass ihr immenses Übergewicht daher rührte, weil ihr ein anständiger Kerl zum Anlehnen fehlte. Was blieb der armen Emmi übrig? Statt grenzenloser Lust musste sie sich einen fetten Frustbauch anfressen!

Das zügellose Fressen ist für einsame Burgtauben der Sexersatz. Dies ist zwar ein schmerzliches Schicksal, aber nicht das beherrschende Thema dieser Geschichte.

Die beiden Täubchen Gundula und Emmi hatten sich für den darauffolgenden Samstag um 14 Uhr im Stadtzentrum zu einer fetzigen Samstagssause verabredet. Am vereinbarten Treffpunkt wartete Gundula geduldig auf ihre Freundin Emmi.

„Na, wo bleibt sie denn, meine Emmi? Es ist schon 15 Uhr durch und sie ist immer noch nicht hier. Sie wird doch nicht vor lauter Fressen unser Treffen vergessen haben, der werde ich gehörig ein lauschiges Liedchen zwitschern!"

Aus dem vereinbarten Treffen um 14 Uhr war es mittlerweile 21 Uhr geworden und Gundula gab völlig entnervt auf. Wütend auf ihre Freundin flog sie zu ihrem Nest. Später am Abend dachte sie sich „Vielleicht hat Emmi, die schusselige Kuh, statt Samstag den Sonntag verstanden! Na, was soll's, dann geh ich eben morgen nochmal hin!"

Auf ein Neues! Am nächsten Morgen, nachdem sich Gundula in einer Wasserpfütze frisch gemacht hatte, ging sie erneut zum vereinbarten Treffpunkt. Doch wie tags zuvor, war - wie zu erwarten - nichts von der Emmi zu sehen.

Sehr, sehr wütend über die Unzuverlässlichkeit ihrer Freundin stampfte Gundula mit ihren dünnen Beinchen auf das Altstadtpflaster und schimpfte:

„Emmi, wo bleibst du?"

Als sie sich etwas beruhigt hatte, sah sie in hundert Meter Entfernung die gemütlich vor sich hertippelnde Freundin Emmi, die sich nach links und nach rechts schauend, nach etwas Fressbarem umsah. Mit donnerhafter Stimme begann Gundula mit ihrer Freundin zu schimpfen.

„Um Gottes willen, wo bleibst du denn so lang, wir

haben doch Samstag um 14 Uhr für unser Treffen vereinbart, und nicht Sonntag!"

Und die verfressene Emmi gab ihrer verwunderten Freundin eine ziemlich treffende Antwort:

„Ach weißt du, es ist schönes Wetter, da hab ich mir gedacht, es würde mir sicher gut tun, wenn ich einiges von meinen vierzig Gramm Übergewicht abnehme.

(Zur Information: Tauben müssen im Vergleich zu uns Menschen nur einige Gramm statt - wie wir Menschheit - mehrere Kilo abnehmen! Diese Glücklichen.)

Deshalb bin ich - statt zu fliegen - die drei Kilometer zu Fuß in die Stadt gegangen!

21 Ich hab sie

Auf einer einsamen Landstraße in tiefster Nacht fuhr ein schwarzer Mercedes Benz durch die Dunkelheit eines verregneten Herbstabends. Dieses Automobil sollte das wohl größte Verbrechen, das einer einem anderen Lebewesen antun konnte, begleiten. Diese frevelhafte Untat lautet **"Mord"**.

Am Steuer saß Herr Ernst. Herr Ernst war auf dem Weg nach Hause, um dieses schreckliche Verbrechen zu begehen. Er war sehr erregt oder vielmehr, er war geladen, so als hätte er Dynamit zum Abendbrot gegessen.

„Diesmal bring ich sie um, keinen Aufschub und keine Gnade mehr."

Das waren die unglückbringenden Worte, die er fortwährend von sich gab.

„Jawohl, diesmal ist sie dran, und nichts kann mich daran hindern.

Heute Nacht werde ich gnadenlos zuschlagen und die Menschheit von diesem Monster befreien. Dann erst kann ich wieder ruhig leben wie ich es mir verdient habe."

Nervös und sehr angespannt rauchte der zukünftiger Killer eine Zigarette nach der anderen. Im Inneren des Fahrzeugs entwickelte sich ein dichter Nikotinnebel, der ihn zusehends in seiner Sicht behinderte. Nur mit Mühe und dem spärlichen Licht seines Scheinwerfers konnte sich Herr Ernst auf die Straße konzentrieren.

„Bald werde ich zu Hause sein, dann pack ich sie und dreh ihr den Hals um. Hui, das wird mir eine höllische Freude bereiten."

Aus seinen hasserfüllten Selbstgesprächen heraus

konnte jeder erahnen, welcher Frust diesen Mann zu diesem abscheulichen Mordgedanken führte.

Starker Regen prasselte auf die Windschutzscheibe, was die Stimmung an diesem Abend noch um einiges schauriger erscheinen ließ.

"Nur noch fünfundzwanzig Kilometer, dann werde ich das undankbare Frauenzimmer samt ihrem Kind in den Himmel befördern."

Ein Doppelmord? Jawohl, Sie haben richtig gelesen. Mit einem Kind!

„Damals stand das verkommene Frauenzimmer hochschwanger und ausgehungert vor meiner Haustüre und bat mich mit ihren hungrigen Augen sie bei mir aufzunehmen, und ich Narr ließ mich von ihr weichkochen. Was wäre denn aus ihr und ihrem Balg geworden ohne mich? Verhungert wäre sie! Jawohl verhungert! Und ich Hansdampf habe dieses Ungeheuer bedenkenlos in mein Heim gelassen. Oh Gott, wie ich mich für meine Gutmütigkeit hasse! Und zum Dank fressen sie mir die Küche sowie meinen Vorratskeller ratzekahl leer. Und was bekomm ich? Nichts! Die Saubande hatte mir nur etwas gepfiffen!"

Nur durch puren Zufall sah Herr Ernst ein Tier am Straßenrand stehen. Dadurch bekam er einen erneuten Adrenalinschub.

„Verdammt, warum läufst du denn nicht über die Straße? Los, komm schon, es würde mir einen grenzenlosen Spaß bereiten, jetzt schon etwas um die Ecke zu bringen!"

Nach diesem Satz hatte sich unser Herr etwas beruhigt, schließlich musste er der verbrecherischen Aufgabe in seinem Hause den Vortritt lassen. Mit einem Griff auf das Armaturenbrett musste der Herr zu seinem Schreck feststellen:

„Shit! Ich hab keine Zigaretten mehr!"

Das Furchtbarste, was einem Kettenraucher passieren konnte, ist nun in Form einer leeren Zigarettenschachtel eingetreten. Dies sollte der Grund sein, dass Herr Ernst um einiges aggressiver werden sollte.

"Wegen diesem Miststück habe ich sogar den netten Nachbarskater Moritz wegen ihrer angeblichen Katzenallergie zum Teufel gejagt. Trotz alledem muss ich mir leider eingestehen, dass es sich hierbei um einen Glücksgriff handelte. Durch das Betretungsverbot meines Grundstücks hatte das räudige Katzenvieh keine Möglichkeit mehr, meinen wertvollen Koi-Karpfen nachzustellen."

Und so vergingen Kilometer um Kilometer, in denen sich Herr Ernst immer mehr in Rage redete und dabei ständig unehrenhafte Mordpläne schmiedete.

„Ich habe schon alles Erdenkliche versucht, um das verdammte Biest auszurotten! Mit Gift! Auch ungeschützte Absturzmöglichkeiten hielt ich für die Dame bereit. Mit einem Schrottgewehr und Messer legte ich mich auf die Lauer. Umsonst! Im nahen Fluss wollte ich sie ertränken. Das Biest konnte schwimmen. Sogar Fangeisen legte ich im Garten aus und tappte selber in die Falle. Nie hatte ich Erfolg. Aber diesmal wird es mir mit tausendprozentiger Sicherheit gelingen, denn ich habe nicht eine tödliche Falle für die Dame parat. Das ganze Haus ist darauf ausgerichtet, ihr einen wohlverdienten Abgang zu bescheren."

Endlich hatte Herr Ernst den gruseligen Wald hinter sich gebracht, und in naher Ferne sah er schwaches Licht. Dies ist wohl das Haus von ihm und seinem zukünftigen Opfer. Er ist zu Hause. Herr Ernst stand in seiner Garage. Dort ließ sich der eiskalte Killer noch einmal seinen mörderischen Plan in allen Einzelheiten durch den Kopf gehen.

„Genau so werde ich das leidige Thema ein für alle Mal aus der Welt schaffen! Und über eine ehrenvolle Beerdigung hab ich auch schon nachgedacht. Das Miststück verscharre ich hinter der großen Hecke. Als Grababdeckung bekommt sie eine Eisenplatte. nun kann sie, wenn ihr langweilig ist, die draufprasselnden Regentropfen zählen."

Im Haus machte sich Mörder Herr Ernst sofort daran, all seine von ihm geschaffenen Tötungsmechanismen zu überprüfen, in der Hoffnung, dass es dieses eine Mal für ihn ein erfolgreiches Happy End gab. Eilig rannte er auf seiner Erkundungstour von Zimmer zu Zimmer, ohne dass sein sehnlichster Herzenswunsch in Erfüllung gegangen war.

„Nur noch einen Raum, das Ankleidezimmer, hab ich übrig."

Leise, auf Zehenspitzen, durchforstete Herr Ernst den dunklen, aber vielversprechenden Raum. Dann endlich drang aus dem Zimmer ein markerschütternder Schrei.

„Ich hab sie, hurra, hurra, hurra ich hab das verfluchte Weibsbild. Nun befördere ich dich, du verkommenes Miststück in das weit entfernte Nirvana!"

Mit diesem fürchterlichen Aufschrei hielt der zu allem bereite Mörder sein wehrloses Opfer, das ihn mit weit aufgerissenen Angstaugen ansah, im tödlichen Würgegriff fest.

Jedoch in jenem Moment, wo unser Herr Mörder sein unheiliges Werk vollenden wollte, ging die

Schlafzimmertüre auf und eine sehr verschlafene Frauenstimme unterbrach das bevorstehende Schlachtfest. Es war seine Gattin.

„Halt, mein Hasischatz, lass den Unsinn!"

Sehr überrascht gab der Mörder seiner Angetrauten Antwort:

„Meine Liebe, endlich hab ich die Chance das Miststück kaltzustellen

und du stellst dich quer! Heute hat Ihre letzte Stunde begonnen, das hab ich mir vorgenommen und keiner kann mich davon abhalten, auch du nicht!"

„Ach was, mein mutiger Großwildjäger, morgen, wenn du sie wieder erwischen solltest, darfst du sie endgültig killen. Aber heute sei brav und komm zu mir ins Bett, mir ist nämlich kalt!"

„Aber Schnäuzelchen", sprach Herr Ernst,

„das verkommene Biest frisst deine wertvollen Kleider! Ist dir das entgangen?"

„Ach was, die ollen Fetzen", sprach Frau Ernst,

„das macht überhaupt nichts, dann kaufst du mir eben neue. Nun aber, ich befehle dir, komm ins Bett oder willst du diese Nacht in der Badewanne übernachten?"

„Na gut, wenn du meinst, aber morgen, gehört sie unweigerlich mir!", sprach Herr Ernst sehr enttäuscht über die Reaktion seiner Gattin, und ließ das gefangene Mäuschen los. Und dann, als sei nichts gewesen, kam den Befehl seiner tierlieben Ehefrau nach und trottete zu Bett.

Das aufgeweckte Mäuschen indes hatte aus dieser Lektion gelernt. Es ließ sich wie auch ihren gesamten Nachwuchs kein weiteres Mal von Herrn Ernst in die Irre führen und fangen. Dies wäre auch weiter nicht schlimm gewesen, schließlich haben die niedlichen Nager einen mächtigen Fürsprecher. Herr Ernst hatte keinerlei Bedenken, seinen Mut an einer kleinen Maus zu testen. Vor seiner resoluten Gattin aber hatte Herr Ernst mehr Angst und Respekt als vor allem grausamen Gemetzel dieser Welt.

22 Montagmorgen in der Geisterbahn

Die Sonne geht auf und der Wecker klingelt bereits seit zehn Minuten. Und zu meinem Entsetzen scheint mir der grelle Planet umbarmherzig in mein Schlafgemach. Ich fühle mich wie ein Vampir, der zu Staub verfällt, wenn er in das tödliche Sonnenlicht blickt. Mein erster Gedanke des Tages lautet „Scheiß Montag! Obwohl? Morgens zu dieser Zeit fühlt sich jeder Tag scheiße an!"

Mit einer Tasse lauwarmem Nescafe' und einer selbst gedrehten Kippe beginne ich mein Frühstück, mehr brauche ich zum Wachwerden noch nicht. Vor einem habe ich wie jeden Morgen höllische Angst: Ich fürchte den ersten Blick in den Spiegel! Abends in der Kneipe sagen meine Freundinnen, dass ich eigentlich sehr plausibel aussehe. Schön, aber um diese Zeit kann man mich ein für alle Mal in der Pfeife rauchen! Nun, ich bin nicht das einzige Wrack, das sich durch das Morgengrauen quält. Überall lauern übel gelaunte Monster, die den Sonnenaufgang mit Füßen treten. Mein erster Weg führt mich an eine Bushaltestelle. Dort erlebe ich jeden Morgen dasselbe Spiel. Der Busfahrer hat nur ein eintöniges „wohin soll´s gehen?" für mich übrig.

Und wenn ich mich unter all den Zeitgenossen umsehe, weiß ich erst, was es heißt, ein blutleerer Zombie zu sein! Hier unter dem mitfahrenden Mob befanden sich nur noch armselig kastrierte Monster. Nur einer bewies etwas, was man morgendliche Lebensfreude nennen durfte. Es ist der ständig angespitzte Hund einer mir bekannten Nachbarin. Dieser elende Straßenköter verliebte sich jeden Tag aufs Neue in das Knie seines Frauchens.

Ohne Unterlass versuchte er das Bein seiner Besitzerin zu vögeln. Ein abgestürzter Nachtschwärmer, der uns allen mit seiner widerlichen Alkoholfahne auf die Nerven ging, feuerte dieses Hundsvieh lautstark an. Ich denke mal, dass sich dieser Penner schon längstens impotent gesoffen hatte. Und so sollte doch wenigstens der Hund seine Freude an diesen Spielchen haben. Die ganze Zeit rief er dem verlausten Kötter zu:

„Los Bello, gib schon Gas, besorg es dem Frauchen!"

„Diesen Deppen kannst du vergessen!", dachte ich mir.

Im Büro nahm das Drama seinen weiteren Lauf. Schon an der Stempeluhr wurde ich mit der Realität konfrontiert. Vor mir stand der Firmenbock Alfred. Vor diesem sexsüchtigen Widerling war keine Sekretärin unter dreißig vor seinen Annäherungsversuchen gefeit.

„Guten Morgen", sprach er zu mir, „wie war das Wochenende. Sicher bist du ganz alleine vor dem Fernseher eingeschlafen! Für solch langweiliges Freizeitgetue habe ich keine Zeit und auch keine Lust! Da warten schon ganz andere Aufgaben auf mich."

„Von welchen Aufgaben sprichst du?", fragte ich ihn gelangweilt.

„Na, was wohl? Ich lag mit unserer neuen Praktikantin Julia im Bett! Du, dieser Feger geht ab wie eine Atomrakete!"

„Ach ja, ich weiß Bescheid", sprach ich.

Dabei weiß doch jeder in der Firma, dass er die einsamste Maus von uns allen ist. Später erfuhr ich, dass Julia glücklich mit einem Elektrotechniker aus unserer Firma liiert ist. Wäre interessant zu erfahren, was Julias Freund mit Alfred alles anstellen würde, wenn er erfahren würde, was über seinen Schatz geredet wird. Von wegen ein ganzes Wochenende dauerpoppen mit Julia!

Ha, viel wahrscheinlicher ist, dass der Kerl wie jeden Montagmorgen einen üblen Muskelkater an beiden Händen hatte. Ich ließ Alfred angewidert stehen und ging weiter. Von Weitem hörte ich wie einer brüllt, als wäre er ein angestochenes Schwein! Ich kannte dieses Gebrülle. Wer kann so brüllen, na, wer wohl? Es war der Boss!

„Oh Gott, der Alte hat mal wieder eine Laune!"

Dann kam er um die Ecke. Bei seinem Anblick wusste ich sofort, dass mein Brötchengeber ein beschissenes Wochenende hinter sich hatte. Kein Wunder, wenn man bedenkt, mit welchem Ehedrachen er verheiratet ist. Ich kenn' seine Tussi. Dieses Monster bringt es gar fertig, dass der härteste Bursche weich wie Butter wird! Und ich stand ihm gegenüber, es ist ein Festschmaus für das angegriffene Ego meines Chefs. Erstmals nach einem langen Wochenende hatte er einen, an dem er seine Autorität ausleben konnte.

„Na Herr Deuml, Sie sind auch schon in der Firma! Prima! Wissen Sie eigentlich, wie spät es ist? Nein, es ist fünf nach acht!"

Jetzt brüllte er erneut los, nur diesmal war es für jeden hörbar.

„Sie glauben wohl allen Ernstes, dass ich Ihnen die fünf Minuten schenke. Mann, für wie blöd halten Sie mich!"

Lieber Leser, auf Skala von eins bis zehn rangierte die Blödheit meines Bosses auf neuneinhalb, nur durfte ich auf seine Frage keine direkt ehrliche Antwort geben.

„Herr Friedl, ich habe pünktlich eingestempelt. Hätten Sie mich ohne zu bremsen in mein Büro gehen lassen, wäre alles in Ordnung!"

Diese Worte hätte ich besser nicht gesagt.

„Was höre ich da?", schrie mein Boss, „Sie widersprechen mir. Mein Freund, was erlauben Sie sich! Wenn ich will, lasse ich Sie wenn nötig, mehrere Stunden wie ein Zinnsoldat vor mir stehen! Verstanden!"

„Jawohl Herr Friedl, ich habe verstanden", antwortete ich und ging zu meinem Büro.

Gerade als ich mein Arbeitszimmer betreten wollte, lief mir Alfredo, der Firmenschleimer, entgegen.

„Oh Gott, der Kerl hat mir gerade noch gefehlt! Mann, was will der!" Noch im Türrahmen redete er auf mich ein.

„Hast' nen Anschiss bekommen? Völlig zu Recht! Ich verstehe unseren Chef! Wo kämen wir alle hin, wenn jeder um fünf Minuten zu spät kommen würde! Sieh mich an, ich bin immer um eine halbe Stunde früher im Haus. Aber erst um Punkt acht lasse ich abstempeln. Das bin ich der Firma schuldig!"

„Dafür bist du auch der Schatz vom Alten", sagte ich.

Dann ging Alfredo ganz nah an mich heran und flüsterte mir ins Ohr:

„Warte, es dauert nicht mehr allzu lange, dann bin ich die rechte Hand vom Boss! Du, mein Freund hast dann nichts mehr zu lachen. Ich werde diesen Saustall ausmisten, Euch allen hier werde ich den Arsch aufreißen! Wartet nur!"

Ich zeigte ihm in respektvollem Abstand den Stinkefinger. Der Arsch hält sich für unersetzlich- der geborene Schleimer! Dabei ist der Depp zu doof, um einen Bleistift anzuspitzen!

Fakt ist, Alfredo versteht es wie kein Zweiter wie man seinen Vorgesetzten Honig ums Maul schmiert. In dieser Disziplin ist er absolute Weltmacht. Endlich - ich erreichte ohne weitere Störung mein Büro! Ich lächelte meinem Kollegen Rainer zu und er mir. Wir wussten doch Beide nur zu gut, welch abgestürzte Halbaffen in dieser Firma arbeiten. Wir wussten aber auch, dass bis zur ersten Kaffeepause noch einiges geschehen würde! Ich sagte zu Rainer: „Wo bleibt Franz, der alte Süffel? Diese alte Schluckente lässt sich heute erstaunlich viel Zeit! Der liegt bestimmt noch im vollgekotzten Bett und kuriert das aus, was wir einen Atomrausch nennen würden!"

Dann hörten wir ein leises Klopfen!

„Herein", sagte Rainer.

Oh nein, es war Emil! Emil der begnadetste Schnorrer unter der Sonne.

„Was willst du?", sagte ich zu ihm.

„Meine lieben Freunde, **(wir waren gewarnt, wir wussten wenn der uns so begrüßt braucht er mehr als nur etwas Zucker für seinen Kaffee)** habt ihr einige Würfelzucker für mich?"

„Mensch Emil", sprach ich, „wie lange kennen wir uns schon. Wenn du uns so einlullst, wie eben gerade, dann willst du um einiges mehr als nur ein paar lächerliche Zuckerwürfel! Los, raus mit der Sprache!"

Wir müssen zum allgemeinen Verständnis Emils Finanzfiasko erwähnen. Dieser Kollege weiß nicht so recht mit Geld umzugehen. Wir alle in der Firma fürchten uns, wenn er unsere Büros betritt. Jedes Mal versucht er uns über den Tisch zu ziehen, indem er uns allesamt um Geld anpumpt. Das Zurückzahlen der geborgten Summe aber war ihm stets fremd. Eigentlich lief die Sache so ab: Er borgte es sich bei Maria, damit er bei Franziska seine Schulden von letzter Woche begleichen konnte. So also sieht sein Finanzkonzept aus!

Für einen Politiker ist diese Form von Geldausleihen sicher legitim, aber für einen einfachen Sachbearbeiter? Das kann nicht gut gehen.

„Na gut, meine lieben Freunde, bitte, nur fünf Euro. Mein Kühlschrank ist leer und der Erste ist erst in zwei Wochen. Jungs und ich hab doch so Hunger! Habt doch Erbarmen mit einem abgebrannten Kollegen! Ich verspreche hoch und heilig: „Bei der nächsten Lohnauszahlung seid Ihr die Ersten, die ihr Geld bekommen!"

Der Rainer hat sich wiedermal weichkochen lassen. Er sah mich mit traurigen Augen an und wie ich den kenne, lässt der sich von Emil einwickeln. Rainer langte in die Tasche, und zog seine Geldbörse hervor er griff sich einen Fünfer. Und da auch ich nicht immer alle meine Tassen im Schrank habe, bekommt Emil auch noch einen Schein von mir.

Als der geniale Schnorrer das Büro mit fünfzehn Euro **(von mir bekam er einen Zehner)** verlassen hatte, wussten wir, der Rainer wie auch ich, dass das Geld für alle Zeit durchs Nirvana gedüst ist! Die fünfzehn Euro sehen wir nie wieder! Zu große Edelmut wird stets aufs Neue bestraft! Rainer und ich ärgerten uns grün und blau über unsere eigene Dummheit. Aber was soll's, verloren ist verloren! Irgendwann ist Kaffeezeit und auf dem

Weg zur Kaffeemaschine wankte er uns mit einem breiten Grinsen entgegen. Wer wohl? Na, Franz der Alkoholiker! Dieser Penner scheint ein hartes Wochenende hinter sich zu haben. Der Suffkopf stank, als wäre er beinahe in einem randvollen Wodkafass ertrunken!

Wir waren ja schon Einiges von ihm gewohnt, aber heute, heute schoss er den berühmten Vogel ab! Gottlob herrschte in unserer Firma striktes Rauchverbot. Denn, hätte sich Franz nur eine einzige Kippe angesteckt, wären wir alle durch seine brandgefährliche Alkoholausdünstung in die Luft geflogen!

„Mensch Franz", sprach ich in väterlichem Ton zu ihm,

„wie siehst denn du aus? Wer hat dich so furchtbar zugerichtet? Du bist nicht nur blau, nein, mein Lieber, du bist eher schwarz! Komm schon, verschwinde in dein Büro, bevor dich unser Häuptling oder der Schleimer Alfredo erwischt!"

„Ick bin nich besoffen", lallte mich Franz an, „ick hab nur etwas Ploblem mit meine Kleislauf!"

Ich griff den Franz unter den Arm und führte ihn auf Umwegen in sein Büro, damit er seinen Rausch ausschlafen konnte. Unser Franz - ein guter Kollege, aber auch ein unrettbarer Säufer!

Eigentlich muss Franz nicht um seinen Job bangen, denn, er ist der Bruder vom Boss und somit hatte er einen Bonus. Und was seine Arbeit betrifft, hm, er hat gar keine! Seine eigentliche Aufgabe besteht darin, dass er für uns alle die gute Fee ist. Jeder im Haus findet den Alki sympathisch, nur einer würde ihn am liebsten in der Kanalisation sehen. Wer sollte das sein? Es war sein eigener Bruder, unser Chef Johann Friedl. Nur konnte dieser nichts gegen

Franz' wilde Saufeskapaden unternehmen, denn Franz war mit zwanzig Prozent an der Firma Friedl & Partner beteiligt. So was nennt man Pech! Nachdem ich wie eine treu sorgende Mutter unsern Franz zur Ruhe gebettet hatte, erhoffte ich mir, dass auch ich einen Kaffee erhaschen konnte. Im Raum, wo es nach Kaffee duftete, standen sie nun, die ganze Horde von dumm dreinschauenden Bürozombies und warteten schlecht gelaunt auf die lebensspendende Flüssigkeit! Ohne Kaffee, dies war allen klar, war es wie der mittelalterliche Spießrutenlauf! Uns allen voran wartete der Chef Johann Friedl. Sicher braucht der den Kaffee viel nötiger als jeder andere im Raum. Wir alle hatten mit diesem geknechteten Ehekrüppel vollstes Mitleid! Ha, ha, ha, dreimal gelacht, unser Mitgefühl gegenüber unserem Herrscher war sehr lauwarm! Es ist von uns allen nur geniales Schauspiel! Zu schön war der Anblick seiner angetrauten Ehehälfte, als diese mehrmals in der Woche das Firmengelände in Augenschein nahm. An solchen Tagen war im Büro des Chefs stets der Bär los. Die gesamte Belegschaft stand geschlossen vor dem Chefzimmer und lauschte über das, was sich die beiden Kontrahenten zu sagen hatten.

Den angreifenden Part übernahm seine Gattin, er selber befindet sich in der Rolle eines geprügelten Hundes. So wie letzte Woche, als unser Brötchengeber Besuch von seiner Angetrauten bekam.

„Aber Schatz", sprach unser Chef stets zu seiner Liebsten **(mit Schatz meinte er sicher das Lebewesen aus dessen Schnauze ein Feuerinferno entweichen konnte),** „was, du brauchst du schon wieder Geld, hab ich dir nicht schon letzte Woche achttausend für den Nerzmantel gegeben! Hör mal, wenn du weiterhin mit meinem Geld um dich wirfst, sind wir bald pleite! Dann meine Liebste, kannst du putzen gehen! Ob du dir dann immer noch einen Pelzmantel leisten kannst, das wird fraglich sein!"

Den letzten Satz hätte er besser nicht gesagt! Denn damit war sein Untergang für den heutigen Tag besiegelt.

„Was heißt hier Schatz", sprach die Chefin in einem nicht überhörbaren Tonfall zu ihrem Gatten.

„Dein Gesülze kannst du dir sparen! Hey Alter, ich will dreitausend Euro in meiner Hand liegen sehen! Verstanden! Oder soll ich mir einen Anwalt nehmen? Du weißt doch, wie teuer eine Scheidung für dich werden wird! Dann, mein Lieber, wirst du putzen gehen und nicht ich! Denn nach dieser Scheidung führe ich mit deinem Geld ein feudales Leben! Also mein Göttergatte, her mit den Kohlen!"

Dann hörten wir etwas klatschen und Kollege Rainer ging ganz nah an mich heran und flüsterte mir zu:

„Deuml, horch, jetzt kriegt er wieder ein paar nette Ohrfeigen!"

Jetzt wussten alle Bescheid. Unser Firmenpatriarch heiratete ohne einen bis in das kleinste Detail ausgeklügelten Ehevertrag. Was für ein Depp! Dies erklärte die ständige Aggression seinen Untergebenen gegenüber. In der Firma der große Macker, zuhause aber war er nur eine Geldquelle, die man zu jeder Tages - und Nachtzeit anzapfen konnte.

Häusliche Autorität für unsern Chef, ha, der doch nicht! Der durfte froh sein, dass ihn seine Alte nicht jeden Abend unter den Küchentisch jagte. Nun, dies sollte wohl sein Problem sein, widmen wir uns wieder der missgelaunten Belegschaft.

Wir alle hielten nach langem Warten eine volle Tasse mit köstlichem Kaffee in den Händen. Wirklich jeder? Nein, nicht jeder!

„Guten Morgen", rief uns Tamara entgegen.

Diese Dame ist unser Seelchen oder wir sollten Firmenzicke zu jener Dame sagen. Sie geht leer aus, für sie war kein Kaffee mehr da. Das ist aber noch nicht alles und wie es aussieht, ist auch zum Entsetzen aller im Raum die Kaffeedose leer. Tamara, dieses Sensibelchen wird uns allen die Augen auskratzen. Wer jetzt nicht schnellstens die Kurve kriegt, der gehört der Katz oder den Fäusten dieser Furie!

„Hey, Ihr Scheißkerle, wo ist mein Kaffee?"

Wie aufgescheuchte Gazellen rannten wir bis auf den Chef aus dem Kaffeeraum und ließen das tobsüchtige Weibsbild mit unserem Boss alleine im Raum stehen. Er war der Einzige, der weiß, wie man mit dieser Tussi umgeht. Wieso? Na, die Beiden hatten mehrmals die Woche eine leidenschaftliche Affäre.

„Hasilein", heulte Tamara.

Und wieder spitzte die gesamte Abteilung ihre Ohren und lauschte gebannt auf das, was sich das Liebespaar im verschlossenen Zimmer zu erzählen hatte.

„Keiner im Haus will was mit mir zu tun haben! Du, meine Kollegen lieben mich nicht! Hörst du, niemand mag mich. Man vergönnt mir nicht mal einen Kaffee!"

Einige Minuten später hörten wir, wie der süße Knuddelarsch von Tamara in rhythmischen Abständen an die Zimmertür bumste. Ich sah den Rainer an und sprach:

„Du, ich glaube, die Beiden schaffen sich gerade ein gutes Betriebsklima!"

„Ha, ha, ha", lachte mein Kollege.

„Wir wollen nur das Eine hoffen, dass sie die Sauerei, die dann am Boden klebt, auch wieder sauber machen. Deuml, wenn unsere Tamara mit dem Chef fertig ist, dann darf sie ruhig auch zu mir kommen. Anschließend bekommt der Wonneproppen von mir soviel Kaffee, dass sie mindestens acht Tage nicht mehr schlafen kann!"

Ich sah meinen Kollegen mitleidig an und sprach zu ihm:

„Ach Rainer, träum' ruhig weiter. Um Tamara zu poppen, hast du eine zu niedrige Lohngruppe! Glaub mir, sogar unser Oberstecher Alfred hat es schon tausendmal vergeblich probiert, um an ihre Unterwäsche zu gelangen. Aber wenn du unbedingt meinst, dann frag sie doch. Irgendwann werden die Zwei ja wohl fertig sein."

Nachdem die beiden Vögelchen mit ihrer anregenden Unterhaltung fertig waren, ging die Türe auf und Tamara hielt in der einen Hand den Kaffee des Chefs und in der anderen eine brennende Kippe. Nur der Chef stand noch mit wackeligen Beinen und halb offener Hose da und schimpfte:

„Herr Deuml, warum ist kein Kaffee mehr im Haus? Nehmt ihr ihn mit nach Hause, oder wie sehe ich das?"

Unser Boss ist ein wahrer Ehrenmann. Wer von uns würde schon freiwillig seinen Kaffee einer anderen Person überlassen? Jetzt hatte jeder das, was er zum Überleben an einem Montagmorgen so nötig brauchte. Der Bruder vom Chef liegt besoffen wie ein Fisch in seinem Zimmer und schläft den Schlaf des Gerechten. Der Boss und seine Vorzimmerdame Tamara machten einen erfrischenden Frühsport. Und Rainer und ich schlürften unseren Kaffee. Nur Don Juan Alfred musste sich wie so oft eine aufs Maul hauen.

Außer, er macht einen auf ganz intim und das geht so: nur er alleine geht aufs Klo, um das zu tun, was man im Normalfall zu Zweit tun würde.

Meine Herrschaften, so sieht in unserer Firma ein gewöhnlicher Wochenanfang aus! Bitte verzeihen Sie mir, wenn ich meinen Betrieb mit einer Geisterbahn vergleiche, aber einem anderen Vergleich hält unser Betrieb nicht Stand! Niemand konnte sich diesem allwöchentlichen Albtraum entziehen! Ich sag nur eines:

„Scheiß Montagmorgen!"

23 Vegan-Terroristen

Wie bitte, Sie ernähren sich auf veganer Basis? Oh Gott, dann tun Sie mir unendlich Leid. Wahrscheinlich brauchen Sie jemanden, der Ihnen die Tür zu Ihrer Wohnung aufsperrt!

Warum?

Na, weil es Ihnen nicht mehr möglich ist, den schweren Eisenschlüssel in das Türschloss einzuführen! Sie werden an der verschlossenen Wohnungstür qualvoll verhungern! Nur mit dem einen Argument, dass Sie und ihre Kumpanen allesamt nur das Wohl der vierbeinigen Lebewesen im Kopf haben. Was für eine bodenlose Lüge! Wie sieht es mit eurer sprichwörtlichen Tierliebe aus? Eine weitere Lüge. Diese armen Kreaturen sind euch schlichtweg egal!

Ihr Grünzeugfresser seid Schuld, dass die Jäger keinen einzigen Hasen mit Schrott erschießen müssen! Diese Herrschaften gehen in Gruppen durch Wiesen und Felder und heben die am Hungertod verendeten Feldhasen einfach nur auf.

Kein Wunder, schließlich habt Ihr Veganer die gesamte naturbelassene Wiesen- und Äcker-Landschaft bis auf den letzten Grasstängel kahl gefressen! Sollen die Vierbeiner von nun an Kieselsteine fressen oder was?

Aus Brennnesseln macht Ihr eine Brennnesselsuppe oder einen Spinat. Und manche von Euch machen sich einen Vegan-Burger aus geschreddertem Sauerampfer und Weizenkleie. Das sieht in etwa so aus, was aus der Kuh hinten rauskommt.

Wer in Gottes Namen frisst solches Zeug?

Allein schon der Gedanke lässt mich depressiv werden! Ach was rede ich, ich würde statt depressiv aggressiv werden!

Wer mir so einen Fraß auf den Teller wirft, muss um sein Leben bangen.

Ich jedenfalls würde mir bei dem Gedanken, solches widerwärtige Zeug zu fressen, den Magen aus dem Leib kotzen.

Haben sich die ehrenwerten Herrschaften mal ernsthafte Gedanken über die armen Tiere gemacht? Natürlich nicht! Sonst würden die Hasen nicht mit weit aufgerissenen Hungeraugen und leeren Bäuchen in eine leergefressene Umgebung starren.

Ließe man diese Veganer auf den Amazonas-Regenwald los, wäre dieses einmalige Werk der Natur für sie nur eine gesund schmeckende Mahlzeit und mit einem Male könnte man in diesen ehemaligen Naturparadies weiträumig Golf spielen.

Aus Löwenzahnblättern, Sauerampfer, Gänseblümchen, Spitz- und Breitwegerich bereiten sich die Grasfresser einen sogenannten Fitnesssalat zu, der bei näherem Hinschmecken nach einer benutzten Babywindel schmeckt.

Eigentlich wird alles, was auf deutschen Wiesen und Feldern wächst, von unseren Veganern in den Mund geschoben.

Einen Fleischkost-Boykottierer zum Essen einzuladen ist eigentlich recht leicht, man muss sich nur von einem Landwirt einige Quadratmeter Wiesenfläche mieten und schon beginnt für diese Grünlinge das Festmahl. Mich wundert oft, von was sie sich letztlich ernähren. Ihr Martyrium beginnt schon mit dem Frühstück.

Die erste Mahlzeit des Tages besteht bei denen aus einer deftigen Reiswaffel, natürlich aus einem Bioladen, dieses staubtrockene Ding wird mit einer unbekannt gelblichen Substanz bestrichen ist.

Anstatt Kaffee, der ja wie jedes Kind weiß, mehr oder minder ein Genussgift ist, gönnen sich die Vegan-Fuzis einen stark verdünnten Kamillentee. Eine Brise Kamillenkraut auf vier Liter heißes Wasser, das muss reichen. Das Mittagessen ist nur die nackte Reiswaffel und zum Abendbrot wird in trauter Familienbande kräftig nach Luft geschnappt.

Wer da nicht kotzt wie ein überreifer Oktoberfestbesucher, muss ein unverbesserlicher Masochist sein. Brennnesselspinat, eingewickelt in einem fettfreien Pfannkuchen und als Dip ein Sojaquark, gesüßt mit dem Ersatzzucker Stevia. Ein Festschmaus für eine am Hungertuch nagende Familie! Das Ganze schmeckt so ähnlich wie meine ungewaschenen Socken. Obwohl, wenn ich einen Vergleich ziehen darf, haben meine Socken immerhin das, was man Geschmack nennt.

Leute, stellt Euch nur das unwiderrufliche Drama vor, wenn Ihr zum ersten Mal Eure neue Flamme zu einem gepflegten Luxus- Dinner ausführen möchtet und die verwöhnte Prinzessin bekommt einen Wald- und Wiesensalat, garniert mit süßsauren Tofueckchen serviert! Kein Fleisch, keine Pommes und kein Ketchup, nur das was eine Wiese hergibt. Glauben Sie mir, Ihre Herzensdame wird in ein Stück Fleisch beißen und zwar in das Ihrige!

Für mich bedeutet schon der obligatorische Petersilienstängel auf einem mit Speck durchwachsenem Schweinebraten zu viel des Grünen.

Mancher wirft mit Argumenten um sich. Diese Leute behaupten, dass Grünfutter nicht nur der Gesundheit dient, sondern sogar noch vorzüglich schmeckt.

In diesem Falle muss ich diesen Herrschaften sogar Recht geben. Es gibt wirklich nichts Leckeres, als wenn ein gewissenhafter Schweinezüchter seiner Sau reichlich Kartoffeln und sonstige Speck fördernde Leckereien zum Fraß gibt.

Ich liebe Tiere über alles, besonders jene, die sich mir als Nahrung anbieten. Ich kann nicht genug bekommen, diesen Tierchen den fetten Bauch zu kraulen. Dabei kann ich gleich mal den Umfang der zukünftigen Schlachtplatte kontrollieren. Allein schon bei dem Gedanken, wie das possierliche Tierchen eine ordentliche Speckwampe um seinen Bauch herum entwickelt, bekomme ich eine erotische Gänsehaut.

Mit schmachtendem Blick auf den zukünftigen Rollbraten tropft mir das Wasser in Sturzbächen aus meinem Genießermaul. Das ergreifende Kunstwerk einer knusprig braunen Speckschwarte, die so langsam vor sich hinbrutzelt, ist einzigartig. Meine Gedankengänge haben sich nicht allzu weit von einem realen Orgasmus entfernt.

Mann, hätte der liebe Gott nur Schweine, Rinder und Geflügel erschaffen, wäre er allein schon dafür ein Genie gewesen!

Fische? Hm, manche dieser Schuppenträger sind durchaus zu gebrauchen, mehr noch - diese stinkenden Viecher können Leben retten. Wie, Leben retten? Denken wir mal an den letzten Neujahrsmorgen, als Sie wie auch ich nach einer ausgiebigen Zechtour im Wiegeschritt nach Hause gewackelt sind.

Was war Ihr erster Gedanke am Frühstückstisch? Genau, eine Aspirintablette und ein Bismarckhering, für den vorbeugenden Fall, dass die Pizza vom

Vortag im Magen bleibt und keine ungewollte Wiedergeburt vorzubereiten versucht.

Das war´s auch schon, auf das restliche Viehzeug können wir Fleischfresser gut und gerne verzichten. Ach, was sag ich schon wieder, diese unnützen Tiere werden soundso auf lange Sicht aussterben. Für dieses Massensterben sorgen unsere Veganer.

Warum?

Na, weil dieser unrühmliche Menschenschlag in jedem Grashalm und Unkraut einen entschlackenden Vegan-Burger sieht. Und die Tiere? Sie haben auf lange Sicht das Nachsehen, sie werden unweigerlich durch Hunger und Nahrungsmangel aussterben.

Diese Herrschaften fühlen sich dazu berufen, aus unserem reichhaltigen Garten Eden eine kahl gefressene Wüstenlandschaft zu erschaffen.

Erst wenn die gesamte Erde von allem Grünzeug befreit ist, lernen die Veganer wieder Fleisch zu fressen.

Und am Ende fressen sie sich gegenseitig auf!

Denkt ihr armen Würstchen auch daran, dass Tiere auf Euer Essen pissen und kacken? Ja. Meine Freunde, daher rührt das nach heimischer Erde schmeckende Aroma. Ok, die Pisse wie auch die Kacke ist der beste Dünger für eine gesunde Pflanzenwelt. Mir egal, dieses vollgepisste Zeug soll die Kuh fressen, damit sie gehörig an Muskelmasse ansetzt, bevor sie von einem Schlachter wegen ihres Übergewichtes unrühmlich behandelt wird. Harte Worte, aber so was nenn' ich zielorientierte Pflanzenverwertung.

Ich darf diese Meinung vertreten, denn ich bin ein eingefleischter Junggeselle **(ha, schon wieder das Wort Fleisch)** und keine Frau zwingt mich, wie ein

Wiederkäuer an Pflanzenmaterial zu kauen.

Einer meiner besten Freunde, den Namen darf ich hier nicht verraten, ist von seiner Gattin, einer tierlieben Veganer-Braut, mit Sexverlust gezwungen worden sich fleischlos zu ernähren.

Mann, war mein Kumpel zu früheren Zeiten ein draufgängerischer Mordskerl. Und heute muss er sich mit beiden Armen an einem Baumstamm festklammern, damit ihn nicht ein mittelmäßiger Wind zu einem fernen Kontinent trägt. Aus einem muskelbepackten Hünen wurde innerhalb eines Jahres ein Brösel von einem Menschen. Er darf nicht mal anständig furzen, denn schon der kleinste Windhauch würde ihn wie einen Düsenjet durch das Nirvana düsen lassen. Wenn früher eine Keilerei angesagt war, war er stets der Erste, der mit hochgekrempeltem Hemd und geballten Fäusten in die Schlacht zog. Und heute? Heute muss er sich sogar von seiner zum Haus gehörenden Katze, der Muschi, in Acht nehmen. Sehr leicht könnte es passieren, dass, ihn das räudige Katzenvieh zu einem geheimen Versteck trägt und ihn, wie eine Mausmahlzeit auffrisst. Solch ein Schicksal soll mir als Fleisch-Fan erspart bleiben!

Ich such mir schon keine Freundin, bei der ich weiß, dass sie zu gerne an Löwenzahnstängeln und sonstigem Unkraut lutscht. Meine Vorstellung von einer Frau sieht so aus: Diese Dame sollte ein Kumpel, besser noch ein Prachtweib sein, die für ihr Leben gerne eine halbierte Sau in den Ofen schiebt.

In trauter Harmonie werden wir anschließend das leckere Tierchen bis auf die Knochen abnagen. Nur so kann eine Liebe zu einer langlebigen Beziehung heranreifen. Mit Grünfutter kann man keine

Schlachten gewinnen! Helden, denen man nichts Anständiges zu essen gab, starben an einem Schwächeanfall.

Reiswaffeln und Co belieferten die Friedhöfe und machten Bestattungsunternehmer reicher als reich.

Ich pfeif' auf den so hochgelobten Kräutertee. Um morgens auf Touren zu kommen, brauche ich Kaffee und der muss schwärzer als Teer sein. Und wenn ich ausnahmsweise Hunger bekomme, lege ich mir eine Wurststulle auf die Zunge.

Reiswaffeln?

Nie, mit diesem Zeug könnt ihr meinetwegen die Enten unten am Fluss füttern. Aber wahrscheinlich wird Euch dieses Federvieh mit den Reiswaffeln bombardieren, was ihr gutes Recht wäre. Im schlimmsten Falle ernten sie eine Anzeige wegen übler Tiermisshandlung.

Was mich seit jeher verwundert ist der Umstand, dass ein Brennnesselextrakt das Zehnfache von einer Flasche Bier kostet. Dabei braucht man sich in der Natur nur umzusehen. Hier wachsen meines Wissens mehr Brennnesseln als edle Hopfenblüten. Dabei sollte es die Pflicht jedes Einzelnen sein, das zu schützen, was man als Alkohol und als bewusstseinserweiternde Substanzen saufen und rauchen konnte.

Ich hatte mal vor Jahren die Gelegenheit, mit einer mir näher bekannten Dame bei einem Einkauf für ein ganzes Wochenende dabei zu sein.

Wo? Es sollte in einem Bioladen stattfinden. Zum ersten Mal stand ich live in so einer neumodischen Folterkammer, wo nur –GESUNDES– angeboten wurde. Im Einkaufswagen meiner Bekannten lagen zwei verschrumpelte Mohrrüben, eine einzelne

Zwiebel, ein erbsengroßer Kohlrabi und zuletzt das Überfutter aller Vegan-Junkys - die allseits bekannten Reiswaffeln. Für diese Handvoll Gemüse musste Ingrid sage und schreibe 15,95 auf den Kassentisch blättern. Seltene Orchideen, von der die Botanik glaubt, sie sei schon längstens ausgestorben würden bei Weitem weniger kosten. Bei diesem Preis überlegt man sich zweimal, ob man dem Hungergefühl nachgibt.

Man musste sich in diesem Laden nur umsehen, um zu erfahren, dass hier nur bis auf die Knochen abgemagerte Mumien verkehren. Und ich stand ihnen mit meiner ausgestreckten Bierwampe selbstbewusst gegenüber. Dieses wohlgeformte Körperteil wurde von den ausgemergelten Herrn mit neidvollen Blicken beäugt. Diese Zombies dachten sich sicher:

„Wau, der Typ isst Fleisch, der hat es gut!"

Und frech wie ich nun mal bin, gebe ich den Todgeweihten den Rest, indem ich mit vollem Genuss in einen Schokoriegel biss.

In die weit aufgerissenen Augen hättet ihr sehen sollen! Es war so, als wenn echte Kerle in einem Stripplokal die frivole Darbietung der tanzenden Damen verfolgten. Die armen Seelen waren kurz davor, mir den nährreichen Riegel aus der Hand zu reißen. Macht nur, das Manöver werdet Ihr nicht überleben! Ich bin noch im Besitz meiner Körperkraft und von dieser werde ich, wenn es sein muss, ohne mit der Wimper zu zucken Gebrauch machen. Ich muss nicht mal meine Hand zu einer Faust ballen, es genügt, wenn ich kräftig ausatme. Allein der Windzug würde meine unterernährten Gegner aus dem Geschäft pusten! Das würde eine tolle Anzeige in der Boulevardpresse abgeben!

„Ein Fleischliebhaber streckte mit nur einem Schlag acht Veganer nieder - acht tierliebende Menschen, die nun untätig im Krankenhaus liegen. Durch das grobe Einschreiten jenes brutalen Schlägers werden wieder unzählige Tiere auf die Schlachtbank geführt."

Diese Kerle müssen bestimmt für ihre Unterhosen einen Hosenträger mit Gummizug tragen, sonst würden sie, sie jedes Mal beim Pissen verlieren. Ich vermute, dass sich dieses klapperdürre Volk alle halben Jahre eine neue Behausung suchen wird müssen. Warum? Na, weil wenn so ein Pärchen nach einer ausgiebigen Grasmahlzeit wohltuenden Sex haben möchte.

Durch das unerträgliche Geräusch ihrer klapprigen Knochen werden alle Mieter im gesamten Mietkomplex in ihrer Ruhe gestört. Manche von den Gestörten erleiden durch diesen albtraumhaften Lärm einen nicht wieder gutzumachenden Gehörschaden. Noch Jahre später leiden sie an einem qualvollen Tinnitus. Meines Erachtens bedeutet das, was Veganer von ihren Partnern abverlangen, die Ausrottung des anderen Geschlechts.

Wenn der Partner erst mal durch das Einwirken der grünen Nahrung hinüber ist, kann man sich den teuren Anwalt für eine lästige Scheidung sparen. Einen Vorteil muss es doch geben.

Würde ich Nachts nach einem ausgedehnten Kneipenbummel auf so ein ausgemergeltes Wrack stoßen, bekäme ich ohne Vorwarnung einen irreparablen Schock, wenn nicht gar einen Herzinfarkt!

Deshalb verlange ich, das an jedem Bioladen per Gesetz eine aufklärende Warnung stehen sollte:

„Vorsicht Zombieareal. Für Leib und Leben übernimmt der Inhaber keinerlei Verantwortung!"
Manche Zeitgenossen, die sich ihrer Ernährung noch nicht sicher sind werden sich fragen:
„Wofür ist Vegan-Kost denn letztlich gut?"
Denen kann ich gerne Auskunft geben. Diejenigen, die sich jeden Tag ein Büschel Gras in den Mund schieben, werden nicht länger leben. Sie werden nur ärmer werden. Ihr gesamtes Vermögen wird in den Taschen der Bioladenbetreiber landen.
Diese neureichen Herren kann man in einem luxuriösen Hotel auf Mallorca in der Hotellobby beobachten, wie sie sich ein T-Bone-Steak Medium reinziehen. Und ihr glaubt doch nicht etwa, dass Sie zu jener Mahlzeit einen stark verdünnten Kamillentee trinken? Nein, das tun nur die Affen, die sie reich machten! An ihrem Tisch steht der teuerste Wein, den die Insel hervorgebracht hat. Und sicher haben die Herrschaften die attraktive Dame auf dem Schoß sitzen, die Sie zu Anfang der Geschichte wutentbrannt ins Fleisch gebissen hatte.
Vor zwei Monaten wurde ich zu einer Grillparty eingeladen. Ich erhoffte mir Kotelett, Steaks, leckere Bratwürstchen und einige Biere. Irrtum! Ich erlebte bei meinen Gastgebern das totale Fiasko. Die Dame des Hauses kredenzte uns allen frisch gegrillte Tofuschnitzel mit Kartoffelsalat und Pfefferminztee. Die gesamte Familie saß mit frustriertem Gesichtsausdruck um dem Tisch herum und verteufelte Mutti. Die Lebensfreude war dahin.
Und als mir Toni, die Gastgeberin, das vermeintliche Schnitzel auf den Teller legte, wusste ich sofort, warum in dieser Familie die Depression vorherrscht. Auf dem ersten Bissen, den ich mir an-

standshalber in den Mund schob, kaute ich ganze zehn Minuten herum. Ich hatte dabei das Gefühl, ein Stück Radiergummi zu fressen.

Irgendwann war dann Schluss mit lustig und Trala-la. Die beiden Söhne begannen wegen der erlesenen Mahlzeit mit ihrer Mutter einen Streit.

„Mami, die Schnitzel von den Mayers gegenüber schmecken besser als das hier, was du uns vorsetzt!"

„Aber meine Lieben", antwortete die Mutter, „dafür esst ihr was Gesundes. Man braucht doch nur die Nachbarjungen mit ihren fetten Bäuchen anzusehen und schon weiß man, dass Sie Schweinefleisch essen! Diese Tierquäler!"

„Mami", sprach der Jüngste, „ich will auch Tierquäler werden. Ich will Fleisch. Mami, hörst du, ich will Fleisch!"

Und als die Diskussion im vollem Gange war, mischte sich der Hausherr ein. Er begann wie ein wildgewordener Ochse zu schreien:

„Toni, die Kinder haben Recht. Wir wollen was Richtiges zu essen, wir haben Hunger! Deine Tofuschnitzel kannst du dir meinetwegen in den A......h schieben. Hier Jungs, habt ihr zwanzig Euro, lauft zum Metzger und besorgt uns jede Menge Koteletts!"

Diesen Affront konnte sich die Hausherrin von ihrem Gatten nicht gefallen lassen. Nach einem mehrmonatigen Ehezwist wurde die Ehe geschieden. Das Sorgerecht der Söhne wurde zwar beiden Elternteilen zugesprochen, aber die Buben zogen es vor, bei ihrem Vater, einem Fleischfresser zu leben. Durch die neue Ernährung bekamen die Lausbuben innerhalb eines Monats rosa Wangen und einen

stattlichen Umfang, der ihrem Alter entspricht.
Nur einmal im Monat statten sie der Mutter einen
Pflichtbesuch ab.

Die Mutter selbst lebt in einer Alternativ-WG mit
eisernen Veganern auf einem ehemaligen Bauernhof
in Niederbayern. Ringsum um die Hofstelle bestellen diese Grasbüschelfresser mehrere Hektar Brenn-
nessel und Löwenzahnfelder. Daraus produzieren
sie eine widerlich schmeckende Paste, dem die
Agrarwirte den wohlklingenden Namen Kräuter-
chutney gaben.

Das Zeug verhökern sie auf den Wochenmärkten in
ganz Bayern. Diese Hühnerkacke soll Ihresgleichen
als Energielieferant auf der Reiswaffel dienen.

Man stelle sich vor: auf dem Hof lebten Tiere! Unzählige Ziegen. Wie? Und die armen Tiere hat man
nicht verhungern lassen? Nein. Ausnahmsweise dul-
deten die Herrschaften Nahrungskonkurrenz. Diese
Viecher waren nur dazu da, um jede Menge Scheiße
zu produzieren, die als Dünger auf den Feldern her-
halten musste.

Aber niedliche Ziegen essen? Hm, an der Stelle
setzt bei mir ein augenblicklicher Gewissenskonflikt ein.

Ziegen sind von Weitem nett anzusehen und Kinder
sind verrückt danach, diese Tiere zu umschmei-
cheln. Aber haben sie als Elternteil nicht schon mal
nach einem Besuch in einem ziegenverseuchten
Streichelzoo an ihren Kinderlein geschnuppert. Ja?
Schön. Dann wissen Sie auch, welchen aromati-
schen Eigenduft so eine Ziege mit sich trägt. Diese
Viecher stinken erbärmlich. In diesem einen Fall
muss ich den Veganern Recht geben: Ziege würde
ich nicht um viel Geld essen! Bei Schwein ja, da

würde ich schwach werden!

Ich schreibe hier über Zeitgenossen, die sich der fleischlosen Kost verschrien hatten. Und ich? Mir hängt der Magen bis zu den Knien. All das Geschreibsel über gesundes oder ungesundes Essen weckt in mir das Raubtier! Ich bekomme Hunger auf Sau und Co!

Für dieses Ur-Verlangen gibt es mehrere Möglichkeiten: entweder geht man hungrig zu Bett und hört sich die ganze Nacht hindurch das Geknurre des Magens an. Eine weitere Option wäre, man öffnet sich eine Flasche Doppelkorn und begibt sich auf eine Expedition zu einer bunten Traumwelt, in der es nur so wimmelt von hübschen Elfen und holden Prinzessinnen.

Ich bevorzuge die klassische Variante. Und die sieht so aus: ich sitze breitbeinig auf meinem Küchenboden und zerlege mit meinen Zähnen ein ganzes Spanferkel. Diese Orgie beende ich erst, wenn der gesamte Küchenboden mit abgenagten Schweineknochen übersät ist.

Den Veganern gebe ich einen kostenlosen Rat:

„Hey, Ihr Grasbüschel fressende Chlorophylljunkies, ihr dürft meinetwegen alles Pflanzliche ausmerzen, aber ich geb' Euch eine Warnung mit auf den Weg: Lasst mir die Kartoffeln in Ruhe! Dieses Knollengewächs soll durch einen Schweinedarm wandern und nicht durch den eurigen! Wenn euch der Hunger quält, pachtet von einem Landwirt einige Hektar Wiesengrundstücke und beginnt mit dem großen Fressen. Bedient Euch nur an Löwenzahn, Brennnesseln und sonstiges, was anständige Tiere wie Schweine, Kühe oder Hühner achtlos wachsen lassen. Um diese possierlichen Tierchen, die in ein

Solarium mit Unter- und Oberhitze mit integrierter Grillfunktion passen, werde ich mich kümmern!"

24 Zwei abgefuckte Wölfe

(Der ehrbare Versuch gegen das spießige und
anbiedernde Bürgertum zu rebellieren).

Frühmorgens in einem von einer Straßenlaterne
spärlich beleuchteten Raum, der nach Alkohol, Ta-
bakrauch und Ähnlichem durchlüftet war, erwachte
ich in meiner Bude. Diese Umgebung entpuppt sich
bei näherer Betrachtung zu einem Schlachtfeld.
Durch die selbstzerstörenden Substanzen, die meinem geschwächten Körper in diesem Augenblick in-
newohnten, konnte ich mich nur sehr vage an die
letzten Nächte meines unfeinen Absturzes erinnern.
Ich wusste nur das eine. Mit meinem Freund, dem
Musiker Rainer, durchwanderte ich nächtelang ziel-
und planlos die Gastrolandschaft unserer klein-
bürgerlichen Stadt. Der Auftakt unserer glorreichen
Reise sollte in einem eleganten Fresstempel starten.
Schon beim Eintreten in jenen Edelschuppen sah
uns die feine Spießergesellschaft mit gemischten
Gefühlen, besser noch, sehr verhasst an. Wahrscheinlich störte es die holden Damen und Herren,
dass wir, mein Freund wie auch ich, unsere
Zigaretten selbst drehten. In diesem Olymp des erlesenen Geschmacks war alles ausgesprochen nobel
und fein. Für uns beiden Zecher war die Sachlage
klar, das, selbst die zum Hause gehörenden Scheiß-
hausfliegen in einem akzentfreien Französisch sprachen. Endlich, nachdem der Kellner von seinem er-
habenen Marmorsockel herabstieg, wurden wir nach
langem Warten nach unserem Menüwunsch befragt.
Für Rainer und mich war die Menükarte ehrlich gesagt ein undurchdringlicher Dschungel von gour-
metlateinischen Fremdwörtern. Kein normalsterbli-

cher Esser konnte enträtseln, um was es sich bei diesem angebotenen Fraß handelte.

Uns Beiden blieb nichts anderes übrig als den eingebildeten Schnösel von einem Ober zu befragen. Nachdem dieser Hohlkopf unsere Unwissenheit bemerkte, verlor er uns gegenüber jeden erdenklichen Respekt. Der glaubte sicher, zwei aus dem Zoo entsprungene Affen vor sich zu haben! Dieser dummfreche Kerl beriet uns Unwissende, was dieser Gourmetschuppen an erlesenen Leckereien zu bieten hatte.

„Meine Herren, besonders empfehlenswert wäre unser Rinderbraten nach mediterraner Art, garniert mit Rosmarinkartoffeln, mit Nizza - Salat und dazu Knoblauchbrot gereicht: Als Vorspeise wäre eine Suppe mit Saisongemüse die richtige Wahl und als Wein würde ich gerne einen 99er Merlot reichen."

Das hörte sich sehr gut an. Rainer sprach als Erster: „Der Rinderbraten wäre OK, aber keinen Wein, ich will lieber ein Bier, und zwar in der Flasche! Du haben verstanden!"

Dann war ich an die Reihe, um zu bestellen: „Der Rinderbraten hört sich wirklich vielversprechend an, den kannst du mir servieren, aber statt der Rosmarinkartoffeln bevorzuge ich Pommes mit Ketchup. Was die Suppe betrifft, die lassen wir weg, die will keine Sau! Den von dir so angepriesenen Wein möchte ich! Halt! Bring mir gleich die ganze Flasche!"

Darauf kam die sarkastische Antwort von dem unverschämten Kellner:

„Wollen die erlauchten Herrschaften auch Messer und Gabel oder möchten sie lieber mit den Händen speisen?"

„Aber Hallo, mein Freund, nicht frech werden! Und bevor du weiter solchen Unsinn redest, vergiss das Ketchup nicht!"

Mit diesen Worten gab ich dem Herrn mit eingeschränktem Verstand zu verstehen, dass er es mit zahlenden Gästen zu tun habe. Nach einer halben Stunde war es soweit. Die Küchentür öffnete sich und mit einer überschwänglichen Zeremonie, so als wäre die englische Königin Elisabeth höchstpersönlich in diesem edlen Fresstempel zu Gast, wurde uns das Essen an den Tisch gebracht. Übereifrig und völlig übertrieben fingerten die Servierer an unserem Essen herum, wohl mit der Absicht, uns mit diesen Gefummel zu beeindrucken. Als Erster bekam ich mein Essen und als ich das Dritte Welt Fiasko auf meinem Teller liegen sah, staunte ich nicht schlecht! Voller Enttäuschung sprach ich zu jenen Herrn:

„Bitte, bitte Junge, bring mir ein Vergrößerungsglas, damit ich mein Essen finde. He, was soll das! Was hier auf dem Teller liegt, bleibt mir in den Zahnzwischenräumen hängen, nichts davon wird jemals in meinem Magen landen! Soll ich vielleicht die Serviette mit auffressen, damit ich satt werde? Sag dem Koch, das Schweinefutter hier kann er seiner rolligen Katze reichen, aber nicht mir! Ich will essen und nicht, vom Hunger geschwächt auf allen Vieren nach Hause gehen!"

Es war sinnlos mit einem eingebildeten Ober darüber zu streiten, wie eine ordentliche Mahlzeit auszusehen hat. Als wir das bisschen, was sich auf dem Teller befand, mit einem einzigen Happen verschlungen hatten, ließ sich Rainer eine Havanna an den Tisch bringen.

(Damals durfte man noch in den Lokalen rauchen.)

Mann, das Zeug stank vielleicht! Der Qualm, der von diesem Nikotinstängel ausging, benebelte den gesamten Gastraum. Es glich einem furchterregenden Inferno. Wer von uns weiß schon, was Fidel Castro in seine Zigarren mischt, jedenfalls kämpften alle anwesenden Gäste um eine Brise frischer Luft. Die zuvor so gelöste Stimmung wanderte in den Keller und auf breiter Front breitete sich Unbehagen aus. Jetzt wurde es allen zu viel. Mit finsterer Minne kam der Chefober an unsern Tisch und meinte:

„Meine Herren, der Geschäftsführer und wir als Personal würden es begrüßen, wenn sie das Lokal verließen! Ihre Flasche Rotwein dürfen sie natürlich mitnehmen! Das Bier, das getrunken wurde, geht auf's Haus. Bitte tut euch und uns einen netten Gefallen und beeilt euch!"

Der Rainer sah mich an und ich den Rainer. Wir kannten uns aus, wir wussten Bescheid!

„Deuml, ich glaub die Räuberbande hier will uns loswerden! Oder, wie beurteilst du die Sachlage?"

„Rainer, komm, wir gehen lieber, hier liebt uns keiner, **(wir mussten lachen)** He, Ober, hierher, bezahlen!"

Nachdem jeder von uns seine Rechnung beglichen hatte, ließen wir uns nicht als knausrig darstellen. Nein, wo kämen wir sonst hin, wir gaben dem Herrn mit Pomade im Haar zwanzig Pfennig Trinkgeld. Nun standen wir Beide mit einer halb leer getrunkenen Flasche Rotwein auf der Straße. Wir berieten uns. Wir suchten fieberhaft nach einer brauchbaren Lösung, wie wir nach diesem traurigen Dilemma das Wochenende trotzdem noch retten

konnten. Uns Helden fiel einstimmig nur ein einziger Name ein: „Kaffee Arschloch."
(Dies war das stadtbekannte Pseudonym für die Sebastianiklause.)
Wir wollen Euch Leser nicht im Unklaren lassen, gerne, sehr gerne klären wir euch auf! Das Kaffee A.....loch ist die verkommenste Lasterhöhle weit und breit. Diese Lokalität mit all seinen Annehmlichkeiten betritt ein ehrbarer Bürger nur in Begleitung eines gewieften Rechtsanwaltes. Wir aber, wir konnten es uns leisten, in dem kuscheligen Kaffeehaus zu verkehren, wir waren ja zu jenem Zeitpunkt nicht mehr ehrbar! Mit dem unrühmlichen Entschluss in die Hölle des Vollzeit - Chaos zu gehen, begann unser unausweichlicher Niedergang.

Schon beim Betreten dieser Lokalität wurde uns Beiden bewusst, hier im Kaffee A.....loch spielt sich das wahre Leben mit all seinen Lastern und Vergnügungen ab. Mit Feuer in den Augen sprach ich zu Rainer:

„Mensch Junge, hier bleiben wir!"

Der war sofort mit meinem Vorschlag einverstanden und er gab mir in poetischer Wortwahl zu verstehen:

„Deuml, mein Guter, ich geb dir Recht. Wer hier nicht die wahre Glückseligkeit findet, der findet sie nirgendwo!"

Wir hielten uns die Bäuche und mussten herzhaft über unseren intellektuellen Schöngeist lachen. Wir gingen durch das Lokal und sahen uns um. Mann, wer hier verkehrt, besitzt die traurige Gewissheit für alle Zeiten im Fegefeuer, mit all den Hurenböcken, Sittlichkeitsverbrechern, Steuersündern und notorischen Saufbrüdern zu landen! Wir fanden in einer freien Ecke zwei unbesetzte Stühle.

Nun, jetzt konnte der Spaß losgehen! Und der ließ sich nicht lange auf sich warten! Uns gegenüber saß eine Dame, die uns mit schielendem Blick musterte. Bei näherer Betrachtung konnte man über sie nur Gutes sagen, vorausgesetzt, man steht auf siebzigjährige schielende Fregatten, die mit Bier, Schnaps, und sonstigem bis rauf zur Unterlippe abgefüllt sind. Ich sah Rainer fragend an und der sprach zu mir:

„Sieh mal, Deuml, das smarte Mädel da vorne hat es sicher auf einen von uns Hübschen abgesehen!"

Ich schmunzelte, und antwortete:

„Dieser Engel mit den verfaulten Zähnen glaubt wohl, sie ist die Sophia Loren dieses Hauses. Aber Rainer, mein Freund, ich will ja nicht egoistisch sein, haben sollst du sie."

Die Dame unterdessen musterte munter weiter, hob dann ihren rechten Zeigefinger und rief nach dem ebenfalls betrunkenen Wirt.

Die Dame flüsterte ihm einige Wörter ins Ohr, und bevor wir uns versahen, standen zwei Gläser mit dem ekelhaftesten Fusel vor uns. Uns blieb nichts anderes übrig, als mit Madam „Wunderschön" auf ihr Wohl anzustoßen. Oh Gott, das was wir in jenem Augenblick getrunken haben, war sicherlich ein Kalklöser oder Sanitärreiniger! Doch leider, für ein Tete - a - Tete mit Rainer blieb der Dame keine Zeit mehr, denn ihr Ehemann, Freund oder Beschützer, egal wer auch immer, war im Anmarsch! Nachdem er die Flirtversuche seines Schatzes bemerkt hatte, hagelte es Ohrfeigen. Beide watschten sich abwechselnd in fröhlicher Eintracht durch den weiträumigen Gastraum.

Jeder im Saal applaudierte den beiden herumtollenden Vögelchen bewundernd zu. Nun, wer in solch üblen Kreisen verkehrt, muss damit rechnen, dass er geohrfeigt wird. An diesem Ort fühlten wir uns wie zu Hause. Wir ergaben uns dem Teufel Alkohol, bald konnte man uns von den illustren Gästen im Kaffee Arschloch nicht mehr unterscheiden. Auch wir bewegten uns auf sehr dünnem Eis, auf dem man einstürzen und jämmerlich ersaufen konnte! Nach mehreren Lagen Bier und diversen Schnäpsen wurden aus den ausgemergelten Damen hier im Lokal allesamt appetitliche Grazien. Rainer und ich konnten uns an deren Schönheit nicht satt sehen.

Merke: Testosteron, das mit Alkohol angereichert wurde, lässt jede noch so hässliche Frau wie ein Starmodell aussehen. Mein Freund Rainer war für seinen erlesenen Geschmack, was seine Frauen betrifft, berüchtigt. Von meinem ganz zu schweigen. Von allen Seiten her hagelte es wohlwollende Blicke, die nur uns Beiden galten. Ein besonderes Exemplar von Dame saß etwa drei Tische von uns entfernt, in einer Hand eine filterlose Zigarette und in der anderen ein Glas Whiskey. Ich sprach zu meinem Freund:

„Mann, Rainer, die ist ja noch hässlicher als die zuvor. Wo in Gottes Namen sind wir eigentlich gelandet?"

„Deuml, das kannst du laut sagen!"

Wir mussten ein weiteres Mal, heftig und ausgelassen über unsere Dummheit hier zu verkehren, lachen.

Am gegenüberliegenden Tisch beugte sich eine wohlgenährte Dame über die Tischkante und eine Pizza oder vielleicht eine Currywurst erlebte von neuem eine Wiedergeburt. Das harmonische Würge-

geräusch konnte man im gesamten Gastraum hören,
(welch imposanter Anblick!) aufgeschreckt von jenem Desaster sprangen die Gäste in alle Richtungen, weitere schlossen sich an und veranstalteten
ein kollektives Massengekotze. Mit lobpreisenden
Worten führte der Wirt die von ihrer inneren Last
erleichterte Dame an die frische Luft, dann kamen
die anderen Kotzreiher an die Reihe. Jeder von uns
hatte schon genügend Alkohol in seiner Blase. Rainer und ich mussten irgendwann aufs Klo. Ins Män-
nerklo konnte keiner von uns, denn dort war eine
heftige Schlägerei in Gange, wir mussten aufs Da-
menklo ausweichen. Nur hier ging die Post ab! In
einer der vielen Kabinen vögelte sich gerade ein
Pärchen die Seele aus dem Leib. Und alle im Raum
schlossen Wetten ab, wer von den Beiden als Erster
fertig sein würde. Später, schon etwas angeschla-
gen, schlief Rainer wie ein kleines Kind, das von
seiner Mutter liebevoll in den Schlaf gesungen wurde. Wir blieben noch weitere zwei Stunden. Doch
dann hatten wir von den verschrumpelten Grazien
hier in diesem Schuppen die Nase voll!
„Rainer, lass uns in unsere Stammdisco **"Bauhaus"**
gehen!", sagte ich.
Er gab mir Antwort, aber kein Mensch konnte sein
Gebabbel verstehen. Ich vernahm aus seinem Mund
nur ein leises
"Ja".
Beim Verlassen des Gebäudes begegneten wir unserer alten Freundin, die am Anfang unserer Geschichte erfolglos mit uns geflirtet hatte. Diese
Dame ging Hand in Hand mit ihrem Partner, mit
dem sie sich noch zuvor heftig geprügelt hatte, nach
Hause. Die Dame bewegte sich auf dem Pfad

jenseits von Gut und Böse, sie war betrunken wie der Wurm in der Tequilaflasche, die kannte niemanden mehr!

Mein Saufkumpan Rainer und ich gingen in die Disco.

Ich muss zu meinen Leidwesen gestehen, auch ich war ziemlich hinüber, mittlerweile bewegte sich meine geistige Zurechnungsfähigkeit in Richtung Nullpunkt. Wir Helden hatten etwas Probleme mit unserem Gehstil. Oder besser noch, wir bräuchten als Alternative eine mehrspurige Autobahn als Gehweg. Trotz unseres desolaten Zustandes gewährte man uns, wenn auch mit Auflagen, ja nicht unangenehm aufzufallen, Einlass. Nun, jetzt ging die Party für uns beiden Hübschen erst richtig los!

„Als Erstes machen wir uns auf die Suche nach Fredi", sagte Rainer, „der hat sicher einige Gramm Shit für uns!"

Wie durch ein Wunder sah Rainer die Situation klarer als ich. Ich darf mit ruhigem Gewissen anführen, sein Vorschlag war nicht ohne. Wir fanden Fredi nicht, nein - der fand uns!

„Hey Jungs, wie geht es Euch Saubande?"

„Mann Fredi", sprach Rainer, „dich zu sehen macht uns wirklich große Freude! Wie sieht es aus, hast du was zu rauchen für uns?"

Natürlich hatte er. Das Gras, das uns Fredi anbot, war göttlich! Ohne uns Gedanken über unser Tun zu machen, verschwanden wir auf das Klo. Dort zogen wir mehrere Joints durch unsere Lungenflügel. Jetzt standen wir da, zugekifft und rauf bis zur Unterlippe vollgeschüttet mit Bier, Schnaps und ähnlichem Zeug.

Wir stellen uns vor die Tanzfläche und beobachteten

184

die aparten Hupfdohlen bei ihren geilen Verrenkungen. Ich hatte sicher mehr Freude an den tanzenden Damen als Rainer, schließlich sah ich dreimal mehr Mädels als er.

„Wau, Rainer, siehst Du diesen Hasen, diese Venus würde ich zu gern kennenlernen!"

„Was jetzt, Venus oder Hase, entscheide dich! Mensch Deuml, sieh´s doch mal so, auch wenn sie dir noch so gut gefällt, glaub mir, keine Frau liebt einen Mann nur, weil er wie du schöne Beine hat. Von uns Kerlen wird um einiges mehr verlangt!"

„Rainer, du hast sicher Recht! Und für ein Schäferstündchen bin ich sowieso viel zu kaputt!"

Also soffen und kifften wir fleißig weiter, bis keiner mehr von uns einen vernünftig klaren Gedanken fassen konnte. Irgendwann hatte jeder von uns den totalen Filmriss. Man konnte wahrhaft behaupten, unsere Götter wandten sich weinend von uns ab. Hungrige Geier, ja genau, Aasgeier, belauerten uns, sie sahen ihre zukünftige Beute. Das, was wir Beide an Alkohol konsumiert hatten, reichte, damit in der trockensten Wüste ein undurchdringlicher Urwald wachsen konnte. Alles Weitere, was an jenem Abend noch geschah, muss ich Ihnen leider schuldig bleiben. Mir ist es unmöglich, mich an Einzelheiten zu erinnern. Nur zu gerne würde ich Euch von meiner weiteren Odyssee mit meinem besten Freund Rainer erzählen. Auch meinen Nachhauseweg muss ich Ihnen leider vorenthalten. Alles, was uns an jenen Abenden widerfahren ist, erfuhren wir von Fredi, von Udo, dem Discowirt und den Damen, denen wir im Kaffee Arschloch gehörig den Hof machten.

Nun sind wir wieder am Anfang meiner Geschichte,

als ich total zerstört in meiner, von einer Straßenlaterne beleuchteten Bude wach wurde, die bei näherer Betrachtung einem Schlachtfeld glich. Doch eines kann ich, trotz meines schädelbrechenden Katers zweifelsfrei behaupten:

„Alles in allem waren es doch ziemlich langweilige Tage!"

Wir müssen nicht unbedingt stolz auf unser Treiben sein. Aber mächtig Spaß hatten wir! Mein Freund Rainer und ich können noch heute herzhaft über diese wahre Geschichte lachen.

25 Zum Buch

Hallo, ihr Lieben! Darf ich mich euch vorstellen? Ja? Gut! Ich bin Robert Deuml und ich bin derjenige, der über eure Abstürze berichtet. Abstürze? Wie das! Na, weil ich jeden Tag in einer anderen Kaschemme darauf warte, dass mir einer von euch undisziplinierten Pechvögeln die Inspiration bietet, um daraus eine Geschichte entstehen zu lassen. Eigentlich erfahre ich mehr Storys, als ich zu Papier bringen kann. Kein Wunder, wo doch der moderne Mensch in seinem Widerspruch die gesamte Bandbreite des menschlichen Dramas in sich trägt. So ein Pechvogel muss nur behutsam gekitzelt werden, damit er uns an seinem Dilemma teilhaben lässt. Obwohl! Wir alle kennen das Gefühl – auch ich – was es heißt, sich jeden Tag aufs Neue den Gemeinheiten des Lebens zu stellen. Und sei es nur, dass wir oft daran scheitern, weil wir zuweilen zu sehr genusssüchtig mit unseren bescheidenen Ressourcen umgehen. Es ist ja eine unwiderrufliche Tatsache, dass wir eifrig am Füttern sind, damit das Monster, das sich Spaßindustrie nennt, zu stattlicher Größe heranwächst. Selbst auf die Gefahr hin, dass wir, nachdem wir es haben krachen lassen, am berühmten Hungertuch nagen müssen. Nun ist es so, dass ich über euch schreibe, und ihr seid bitte so lieb und gebt mir genügend Material, damit ich Stoff für ein neues Buch entwickeln kann. Ich bin ganz heiß darauf, euch mit Spott und mit gespitzter Feder eins auszuwischen. Ob ich dabei Skrupel hege? Nein, wo denkt ihr hin! Es macht mir sogar Spaß, euch Lumpen leiden zu sehen. Glaubt mir, ich darf das! Denn auch ich bin ein Getriebener, der von morgens bis spätabends im Kaffeehaus sitzt und sich den Kopf über unartige Lausbuben zerbricht.

Ihr wollt Beispiele? Gerne, das kann ich bieten.

Da gibt es einen scheinheiligen Säufer, der sich als Pfarrer ausgibt und einer vielbeschäftigten Nutte die Beichte abnimmt. Mann, tat der mir vielleicht leid! Dem armen Kerl müssen bei den detaillierten Ausführungen jener Dame die Ohren geglüht haben.

Oder ein Jagdgeselle, von dem die Hasen und Rehe behaupten, er sei ein tierlieber Mensch, nur weil er mit seiner Schrotflinte noch nie was getroffen hatte.

Ich schrieb auch über einen Kerl, der erst kurz vorm Ableben seinen ersten Sex erleben durfte. Und das im Altenheim. Hätte der sich öfters im Zweikampf mit Wasser und Seife wiedergefunden, hätte der nicht bis kurz vorm Schluss auf das Geknacktwerden warten müssen. Was auch erwähnenswert war, ist ein ehemaliger Beamter, der doch tatsächlich glaubt, er sei allwissend. Das war er nicht, sondern doof wie eine Brise Salz.

Und so manche Damen erst!

Diese Amazonen, die ihr Auskommen mit unkeuschen Gymnastikübungen verdienen, können einen anständigen Bürger das letzte Geld aus dem Portemonnaie saugen. Ich weiß, wovon ich rede. Denn auch ich als der geborene Single, der eine Allergie hat gegen alles, was mit Heirat und Familie zu tun hat, hängt zuweilen am sexuellen Notschlauch.

Und daher habe auch ich des Öfteren das Verlangen nach zwischenmenschlicher Wärme mit einer horizontal arbeitenden Dame.

Und diese Wärme mit einer Teilzeitfreundin kostet mich jedes Mal zweihundert Euro die Stunde. So ein Singleleben kann sehr teuer werden! Besonders dann, wenn auf dem Konto kein Plus, sondern ungnädiges Minus herrscht. Glauben Sie nicht? Gut, ich beweise es Ihnen, indem ich eine detaillierte Auflistung erstelle.

Zweihundert Euro für wohltuende Streicheleinheiten **(mindestens einmal die Woche)**, vierhundert für Bier und Schnaps **(unverzichtbar)**, hundertfünfzig für Zigaretten (sehr, sehr wichtig), zweihundert für Gras und Hasch **(na ja, es sollte halt nicht fehlen)**. Und das alles macht zusammen neunhundertfünfzig Euro. Viel zu viel für einen, der mit körperlicher Arbeit nichts am Hut hat. Ich weiß, aber das Essen und die Miete für meine Bude spare ich mir, die bezahlt mein Schatz. Und da ich liebend gerne mindestens fünfzehn Stunden am Tag auf dem Sofa vor mich hin meditiere und mich um das kalte Bier kümmere, bringe ich beim besten Willen keine Zeit auf, um einer bezahlten Beschäftigung nachzugehen. Ist auch gar kein Problem, denn ich habe ja eh vor, in naher Zukunft den Lotto-Jackpot zu knacken! Es kann auch sein, dass ich mich einem schwerreichen Supermodel an den Hals schmeiße. Das dürfte bei meinem aparten Aussehen kein allzu großes Problem darstellen. Darum übe ich jetzt schon mal diese Damen von meinen Vorzügen zu überzeugen.

„Sehr geehrtes Frau Model! Wenn Sie jetzt die unbändige Lust verspüren – und es sich finanziell leisten können – mich kennenzulernen, dann, meine Liebe, stünde ich gerne bereit, Ihrem Antrag für eine gemeinsame Lebensführung und ein separates Konto nur zu meiner Verfügung zuzustimmen. Also, meine Liebe, worauf warten Sie? Ran ans Telefon!"
Ups, jetzt rede ich schon wieder nur über mich, da-

bei wollte ich darüber berichten, was es heißt, als ewiger Pechvogel durchs Leben zu ziehen. Oh, ich muss zum Schluss kommen, weil das Bier im Keller zur Neige geht. Doch am Ende habe ich noch eine Botschaft für euch:

„Meine lieben Freunde, nehmt euch in Acht, das Grauen – getarnt als Robert Deuml – lauert überall."

26 Robert Deuml (vita)

Robert Deuml wurde als Robert Deumelhuber am 29. 04. 1958 in Tettnang\ Baden Württemberg geboren. Mit fünf Jahren kam er nach Niederbayern genauer nach Landshut. Die Schulzeit Deumls war durchwachsen. Durchwachsen deshalb, weil er lieber vor sich hinträumte, als dem öden und knochentrockenen Unterricht zu folgen. Trotz alledem war er sehr beliebt bei seinen Lehrkräften - besonders bei den Lehrerinnen, denn sein Talent zu schleimen sollte im Klassenzimmer einzigartig sein. Daher verwunderte es niemanden, dass seine Lieblingsfächer die Kunsterziehung und das Deutschfach waren. Das Malen von naiven Bildern – Deuml hatte mehrere Ausstellungen in seiner Heimatstadt und in der Münchner Kunstgalerie Charlotte Zander sowie bei Kunsthandel Hans Holzinger ebenfalls München - ist neben dem Schreiben selbst erfundener Geschichten zu allen Zeiten sein absolutes Steckenpferd. Erst nach mehreren sinn - und freudlosen Aufgaben fand Deuml endlich eine Anstellung am Münchner Flughafen. Seiner Meinung nach ist dies der beste Arbeitgeber deutschlandweit.

27 Ich will aufrichtig danke sagen

Jetzt ist es so weit, ich muss mich bei all meinen Freunden, Bekannte oder einfach nur den Menschen, die mir geduldig bei diesem Buchprojekt halfen, bedanken. Sich eine Geschichte auszudenken ist das eine, aber es richtig zu Papier bringen sollte nur mit der Hilfe einiger wichtiger Herrschaften zustande kommen.

Aufrichtigen Dank an Marianne G., eine Freundin der Familie, die mir geholfen hat, mein Geschreibsel in eine fehlerfreie Zone zu schubsen.

„Marianne, ein herzliches Dankeschön an dich!"

Auch Harald W. half mir in komplizierten Fragen, besonders dann, als ich im unbekannten Terrain des Computers planlos umherwandelte. Der Computer und der Deuml, man darf es als eine Form von niederträchtiger Hassliebe ansehen. Wie auch, keiner traut dem anderen über den Weg.

„Harald, auch dir gebührt mein aufrichtiger Dank!"

Und vor allem sage ich danke zu Frau Angela R., einer Deutschlehrerin, die mir helfend zur Seite stand. Habe ich jetzt alle? Hm?

„Herr Deuml", muss ich erschrocken zu mir sagen.

„Was ist mit den Akteuren, die mir den Stoff geboten haben, um dieses Buch zu realisieren?"

Auch den bösen und den braven Buben und den lasterhaften Damen wünsche ich alles Gute (**den Damen etwas mehr als den Männern**), ihr ward mir doch die allerliebsten.

Ohne euch stünde mein Computer begraben unter einer zentimeterdicken Staubschicht vorm Schreibtisch und würde das Ende seiner Garantiezeit herbeisehnen.

Aber mein besonderer Dank geht an meine unzähligen Fans weltweit, die es nicht abwarten können, mein Buch in den Händen zu halten. Hoffe ich wenigstens!

Meine ehrenwerte Fangemeinde, ich habe keine Mittel und keine Arbeit gescheut, euch mit diesen lehrreichen Zeilen das reale Leben in seiner Allmacht näherzubringen. Die durchwegs heiteren Storys wurden auf blütenweißem Papier gedruckt, damit es auch beim stundenlangen Lesen nicht zu sehr schmerzt.

Ein spezieller Leserdienst von mir.

Es muss eine wahre Freude sein, darin das Schöne unseres Daseins zu erfahren. Nun liegt es an euch, darüber zu urteilen. Und die, die das Geschriebene besonders wertvoll finden, dürfen mich gerne weiterempfehlen. Und diejenigen Leser, die meine Geschichten grandios finden, dürfen mir sehr gerne den einen oder anderen Blankoscheck an mich senden.

Auf solche ehrerbietigen Präsente, die sich zu bewusstseinserweiternden Substanzen verhökern lassen, freut sich einer wie ich am meisten.

In demütiger Dankbarkeit
Euer Robert Deuml